真诚无悔的

迎河子 著

中国文联出版社

图书在版编目(CIP)数据

无悔的真诚／迎河子著．——北京：中国文联出版社，2023.2
ISBN 978－7－5190－5100－6

Ⅰ.①无… Ⅱ.①迎… Ⅲ.①长篇小说－中国－当代
Ⅳ.①I247.5

中国国家版本馆CIP数据核字(2023)第005655号

无悔的真诚

著　　者：	迎河子
责任编辑：	张超琪　黄雪彬
责任校对：	胡世勋
特约编辑：	赵荣孟哲
装帧设计：	段映春
出版发行：	中国文联出版社有限公司
社　　址：	北京市朝阳区农展馆南里10号　邮编：100125
网　　址：	http://www.clapnet.cn
电　　话：	010－85923091（总编室）　010－85923058（编辑部）
	010－85923025（发行部）
经　　销：	全国新华书店等
印　　刷：	三河市龙大印装有限公司
开　　本：	710毫米 × 1000毫米　1/16
印　　张：	14.25
字　　数：	160千字
版　　次：	2023年2月第1版　2023年2月第1次印刷
书　　号：	ISBN 978－7－5190－5100－6
定　　价：	39.80元

目录

楔子 / 1

一 / 12

二 / 28

三 / 39

四 / 50

五 / 59

六 / 67

七 / 75

八 / 85

九 / 91

十 / 100

十一 / 106

十二 / 111

十三 / 117

十四 / 123

十五 / 131

十六 / 141

十七 / 147

十八 / 156

十九 / 162

二十 / 167

二十一 / 174

二十二 / 179

二十三 / 188

二十四 / 192

二十五 / 197

二十六 / 201

二十七 / 204

二十八 / 208

无声的结局 / 213

编者按

2008年，长江文艺出版社出版了迎河子的长篇小说《躁动的山乡》。时隔十四年之后，作者的另一部小说《无悔的真诚》由中国文联出版社出版，这是《躁动的山乡》的姊妹篇。两部小说都以基层干部工作方法和道德情操为题材，使用艺术的叙事手法，在谋篇布局中实现了人性与伦理的统一。

《无悔的真诚》以改革开放为历史背景，讲述了一名乡镇干部在对自己党性和道德底线的坚守中砥砺前行的故事。作者用饱蘸深情的笔墨和激扬的文字，尽情讴歌时代先锋，致力刻画正气凛然和立党为公的人物形象。我们希望并相信这部作品能成为引导基层干部树立正确人生观、价值观、世界观的难得读本。

迎河子长期专注于"三农"题材的文学创作，先后在长江文艺出版社、中国文联出版社、河南文艺出版社出版过多部文学作品，包括长篇小说《躁动的山乡》《乳臭未干的岁月》，长篇散记《屋檐下的修行》《弱弱的呼唤》，长篇文集《高山放歌》《我心飞翔》，诗集《走进心与心》等。值此付梓之际，谨向作者的辛勤创作和媒体人的推荐表示衷心谢忱！

2022年10月

人间岁月虽然像河水一样流向远方，但是它当时所拍打的河岸却让人在回眸中再次感受它的澎湃与平静。21世纪的头十个年头，处于社会底层的人们，曾经有过思想意识在社会生活中的碰撞和文化认知在各自追求中的冲突。当我们翻开旧日的时光页码，站在新时代的高点上品味远去的春秋的时候，我们或有怜悯与苦笑的叹息，或有淘汰与守望的承认……

——题记

楔子

阳春三月的早晨，欢跳的山雀在树枝上叽叽喳喳地叫个不停，朵朵白云像少女的柔缦轻纱在蓝天下随风飘逸，不远处的潺潺流水时不时地随风传来阵阵悦耳动听的声音，使满脸凝重的王正良的复杂心情顿时轻松了许多。看上去，他现在有些心旷神怡，感到他的周围乃至整个神龙山镇到处是一派生机勃勃和春意盎然的景象。

他习惯地点燃一支香烟，边走边想，自然地把昨天一大清早遇到的那种天象和现在的景象联系到了一起。那是昨天天刚破晓的时候，他接到县委考察组要对他和镇长进行调整的电话，之后独自一人走到神龙山镇的政府场子里转悠，看见天上出现了东西两道色彩斑斓的彩虹。他记得小时候，他出生的那个冲积平原上的老家经常出现彩虹，大人们把彩虹叫作"杠"，并且后来每次都印证了"东杠日头西杠雨"的推论。那么按照这种推论，他现在意识到这种奇特的天象，可能在这几天给神龙山带来一个时晴时雨的阴阳天气。王正良想到这里，天老爷好像正在迎合着他的思绪，突然一阵微风把刚才万里晴空的缕缕阳光渐渐收了回去，慢慢地换成了"二月春风似剪刀"的阵阵寒气，用升腾在山坳里的滚滚晨雾遮盖了他眼前的所有山峦。放眼望去，神龙山镇一时间简直就是一个大澡堂，把他的可视度缩到了最短最短的距离。他站在这个平均海拔900多米的镇政府场子里，只见往日里拔地而起的高山气势荡然无存，若隐若现的几个小山包在晨雾的笼罩下，显得极度的渺小和苍白。

王正良走进亮着电灯的政府食堂，点名要与在政府食堂工作了四十多年的韩师傅共进他到神龙山工作以来的最后一顿早餐，因为他今天上午就要结束在这里历时五年的历史使命，去县交通局担任局长职务。这些年来，韩师傅作为神龙山三万多干部群众的一个缩影，在生活上为他这个在山外长大的城里人提供了周到和热情的服务。其实从昨天下午开始，他一直在想怎么来感谢和报答韩师傅这个问题，到了晚上，他只留下了两箱子书籍，把一年四季穿的衣服、被子和日常生活用品分别送给了韩师傅和镇西头那个贫困村的支部书记。昨天夜里，他思绪万千，心情一直没有平静下来，联想起世世代代在神龙山这片光荣而贫瘠的土地上生存的人们，他不知他们何时才能摆脱贫困的折磨和走出痛苦的煎熬。他暗誓自己到了新的岗位，一定要把这里当作他的第二故乡，无论如何也不能有丝毫的忘记，用新的工作职能杠杆，来撬动这里的发展和进步。关于这个问题，王正良昨夜考虑了很多。他想跟电影《赵尚志》中的赵尚志一样，把他热恋的土地和挚爱的人民当作他今生忠贞不渝的嫂子。因为在王正良看来，嫂子是一种称谓，是与兄长结为夫妻的女子。这种称谓，原本局限于家庭成员，后来随着社会交往的扩展和活动范围的延续，嫂子的概念就远远超出原始意义上的外延了。

电影《赵尚志》中的赵尚志则撇开了女子的范畴，用人性化的概念，把他眷恋的大地和人民称为"嫂子"。

神龙山镇地处秦巴山余脉的延伸地带，山清水秀，美丽神奇，千百年来，她用所有的一切，孕育了一代又一代淳厚善良和勤劳朴实的山民。

1999年正月，上天和命运把他带进了这个生活空间。从此，他以拳拳之心与赤子之情，和山民们一道开始了跨世纪的生命征程。

在行进的途中，王正良深深地感到这里的人民给了他很高的礼遇：应之而不唾之；择之而不弃之；励之而不骂之；举之而不落之。像嫂子对待刚刚出世而又失去母爱的婴儿一样，如此清白、贤惠、温柔地接纳了他。

所以从那以后，王正良一直把这块大地上的人民当成他最敬爱的嫂子。

像长嫂把包拯抚育成人，而包拯立志报国必须背井离乡的心绪一样，王正良将肩负起新的历史使命，沿着新的航向，驶向新的彼岸。

此时此刻，王正良终于体会"相见时难别亦难"的深刻内涵，因为这块沸腾的热土和质朴的人民毕竟是他的"嫂子"，给予了他无私而伟大的爱。

昨天深夜，其实是今天的凌晨1点多钟，他没有一点睡意，联想起1999年正月十九，他带着党组织的信任与重托，赴通天县的高山之巅神龙山镇先后主持政府和党委工作。到2004年3月22日，他在这个平均海拔990多米的地方一晃就度过了一千八百多个日日夜夜。现在，似箭的光阴和如梭的岁月好像只用了一眨眼的工夫，便把他这段亦长亦短的艰难岁月瞬间画上了句号。

　　这个时候，星疏月朗的夜空里还闻不见一声鸡鸣犬吠，月落乌啼后的千虫百鸟还在安神定魄的睡梦中褪着昨日的劳形苦心，他的寝室犹如隐身于浓郁茂密的森林，安静得只能听到自己的呼吸。面前的这张用于夜间办公和读书的桌子，经过前夜的收拣，已经没有了层叠的书山，唯有一颗飘摆的红豆，引着他的思绪行走在第二故乡山山水水的画幅里。他最后一次躺在上面放飞自己的心灵，书写今生无法忘怀的主题……

（一）

　　那一年
　　皮囊夹着行囊　　登在高山之上
　　脚下荆棘丛生
　　头上布满风霜

　　那一天
　　使命夹着彷徨　　走在山路之上
　　刚刚越过天堑
　　又见迷雾茫茫

　　那一夜
　　失望夹着希望　　躺在地铺之上
　　耳闻民众疾苦
　　心里愁断衷肠

（二）

五年的时光
顶着太阳　披着月光
灶门拉家常
心语溢心房

五年的时光
伴着忧伤　伴着惆怅
爬着致富的天梯
忍耐贫困的凄凉

五年的时光
美丽不再羞涩　锦绣不再收藏
干群同心求索
散发迷人芬芳

（三）

我要走了啊
因为这里要重新启航
因为这里要新曲高唱
因为这里要搭乘时代列车
因为这里要迎来耀眼的光芒

我不走不行啊

岁月偷走了我的青春　奔波透支了我的力量

当年的汉子告辞了冉冉红日

如今的躬影靠近了西山夕阳

今后我知道啊

常常念记精神故乡

常常回望乡亲模样

一念记　心　徜徉又飞翔

一回望　心　律动又向往

　　"走"完这一段的心路历程已是凌晨 2 点 22 分。眼下在食堂里用餐，王正良和对面坐的韩师傅一直处于无声状态，韩师傅只见王正良时不时地擦着湿润的眼睛，猜得出他现在心里非常复杂，但想来想去还是不知道怎样去安抚他，无奈之际，韩师傅将头伸向门外看了看，对王正良说：

　　"王书记，今天为您送行的同志们估计都到齐了，我现在去看一下。"

　　"我们一起去吧,您再陪我走走，"王正良情真意切地说，"在神龙山，可能您这是最后一次陪我走路了。"

　　"王书记，我们大家真的舍不得您走。要不是神龙山穷得巴牙，咋说我们也要向县里请愿把您留下。"

　　"这叫吐故纳新，新陈代谢。我在这里几年，已经把劲使完了，几乎是'江郎才尽'了。现在让新的同志接我的班，有利于调动干部的积极性。俗话说，后生可畏，年轻人的能力和才华是不可估量的，他们精力充沛，干劲十足，创新意识和拼搏精神远远超过我们这些年岁较大的同志，他们在'一把手'的岗位上，绝对会大有作为，一定会开辟一块全新的天地！"

说着说着，他们走到了镇政府的场子，现在已是党委书记的镇长方和平同志和十几个干部带着期待和不舍的心情已经在这里等候良久。王正良上前紧紧握住方和平的手：

"和平同志，我把这副担子和这里的人民都交给你了，相信你不会辜负党和人民的希望。长江后浪推前浪，把我在这里没有做好、做成的事情做好、做成，拜托和谢谢你和同志们了！"

"请老班长一定放心，我们一定把您交给我们的接力棒一届一届地传下去。只是今后您到交通局工作了，一是请您多回来看看，用您的智慧和经验为我们指点迷津；二是您当交通局局长了，手握全县的修路大权，在修路这个问题上多给神龙山一些照顾。您是知道神龙山的，竖起来的路，挂起来的田，山大不长柴，缺水缺路缺资金。现在从神龙山走出去的大领导、老领导都已退居二线、三线，他们关照神龙山这么多年，现在再给他们添麻烦，我心里实在过意不去了。您马上就要从这里走出去了，我们别无依靠，今后神龙山人民想走上好路，就依靠您了！"方和平深情而乞求地说。

"和平呀，现在交通局对我来说，完全是一片空白，四个屋角在什么方向我也弄不清楚。现在当着你和同志们的面，我什么态也不敢表，不过我想，国家在实施西部大开发的今天，对解决老区贫困地区的交通问题，政策上肯定是有照顾的。待我到交通局报到之后把情况搞清楚了，再给你和同志们一些说法。总之，请你和全镇人民相信，我今生不会忘记这里的一山一水，一草一木，不会忘记在艰苦环境下苦苦挣扎和顽强生存的几万干部群众，也不会忘记我在大家面前所做出的那些承诺。希望你们今后挺起腰板，昂首前进，我今后不管走到哪里，都会回来看看我的摇篮，看看我第二故乡的变化，看看我的父老乡亲、兄弟姐妹和全镇人民！"

方和平是一位内敛、稳重的人，戴着一副深度近视眼镜，走起路来不快不慢，说起话来不紧不松。年龄比王正良小五六岁，2000年10月，在即将实行农村税费综合改革前夕，县里把隔壁穷得叮当响的天池山乡合并给了神龙山镇，叫王正良书记、镇长职务"一肩挑"。次年4月，一场号称新中国成立以来在农村实行的继土地改革、土地承包责任制之后的第三次革命正式启动，王正良多次向县委书记艾保山和组织部部长周劲波提出请求，才好不容易把方和平要了过来，接替了自己兼任的镇长职务。三年过去，瞬间就到了2004年，在这几年里，方和平果然没有辜负厚望，协助王正良带领全镇人民大搞争资立项和旅游开发、烟叶种植等主导产业建设，为山区人民脱贫致富奔小康，做了大量卓有成效的工作。为此，王正良在那一个夜深人静的晚上，发挥自己多年来的业余文学爱好专长，特意为方和平吟了一首《镇长颂》的绝句。他以饱蘸深情的笔墨，颂扬了这位平时语言不多、干事踏实、不事张扬的"黄牛"镇长：

浩然正气溢荆山，

本分理政排万难。

伯乐慧眼识骏马，

劈波斩浪扬风帆。

《镇长颂》这首七言绝句，热情歌颂了镇长方和平同志。神龙山镇位于秦巴山的余脉，是一个偏僻落后的山区农业镇。为了改变这里贫穷落后的面貌，帮助山民实现脱贫致富奔小康的美好梦想，上级党组织选派方和平同志到这里担任镇长一职，与他结成了工作上的黄金搭档，他们为神龙山镇的经济建设事业各方奔走，许多动人事迹在神龙山镇被传为美谈。

王正良与镇长方和平共事的这几年，相互信任，精诚团结，充分体现了共产党员的坦荡襟怀和人民公仆执政为民的本质。从日常工作的点点滴滴中，王正良对方和平的认识深化到了正直、本分、能干等精神层面。看起来这不光是他对镇长本人的赞美，实质上是对方和平这一届政府领导集体的评价。

诗，言志又言情。王正良在一个山区小镇辛苦经营，期盼的是有一个得力的助手，恰好天助其人，上级党组织给他派来了年富力强的得力干将。经过时间和实践的检验，一位德才兼备、能力非凡的优秀干部令王正良把心中的赞美之情爽快地表露了出来。"浩然正气溢荆山"，着眼于"正气"，颂扬他正直的品格，"溢荆山"三字，让人们仿佛看到王正良与镇长并肩同行深入基层调查研究的情景，他们走遍神龙山的山山水水，披星戴月，不辞辛苦；为了找到一条适合发展山区经济的致富路子，有时他们会激烈地争论，各抒己见，有时又会促膝谈心，推心置腹。这一切都是为了"致富山民"这一正义事业。"本分理政排万难"一句，表现了王正良对同伴深入了解的过程，这里融入了王正良冷静的观察和理性的思考。搭档初来乍到，不可能一下子就产生浓厚的感情，必然经历一个相识—相交—相信的认识过程，镇长的勤政表现使王正良赏识和佩服。"伯乐慧眼识骏马"是对上级唯才是举的赞赏，也是对镇长的夸奖。用好一个人，带好一大片，只有树立正确的用人观，才能产生真抓实干的干部。此句一箭双雕，上下联系，借用典故，词句鲜活。尾联"劈波斩浪扬风帆"，是诗的力量所在，是王正良情感的集中迸发。正直、本分，品格也；能干，乃当今领导干部的核心本质，德在才先；德助能力，有优秀的品质做保证，工作能力一定会得到超常的发挥。"劈波斩浪"四字是对镇长方和平的极高评价，人们看到他们为神龙山经济发展勾画的蓝图正在逐步变为现实。

　　王正良从镇长个人的点，投射出一级地方政府领导班子的面，党政"一把手"是如此心心相印、志同道合，那么在他们带动下的全体干部必然是具有强大凝聚力和向心力的。一个能干的镇长能带出一支具有战斗力的干事的队伍，一支具有战斗力的队伍能干出一番辉煌的事业，"小康神龙山"的梦想便指日可待了。

　　然而，让人有些不解的也是由于方和平的这种性格并发的缺陷和带来的不足。王正良每次在县委书记艾保山面前推荐他的时候，艾书记总是皱着眉头，似是不太信任方和平，并不放心把重担交给他。一直到第五次推荐的时候，艾书记才想出了一个万全之策，拍着王正良的肩膀说："好吧，正良同志，我看这样，地委刚好给我们通天县一个到省委党校学习的名额，要求学习者是比较优秀的乡镇党委书记，而且必须是当前手头工作放得下，镇长在家里主持工作信得过的。你先去省委党校学习三个月时间，让我仔细观察一下方和平同志在这三个月里主持镇里全面工作的表现，然后根据他的表现，做出是否安排他接替你担任党委书记职务的决定！"

县委艾书记几乎把他心中的盘子毫无保留地交给了王正良，王正良眼看他的多次推荐终于有了结果，心中顿时充满了对艾书记的感激之情。事后，王正良生怕这件事情出了闪失，连夜找到方和平，把县委书记的想法和安排原原本本地告诉了他。

方和平听了王正良的这席话，一副处变不乱的样子，非常镇静。其实，王正良平时很是欣赏他这种性格，但在这个时候，王正良对他的这种性格似乎第一次产生了一点看不惯的想法，忍不住说："和平呀，今天我要忍不住说说你，你这个人啊，我平时认为你最大的长处是忍得，但是我现在认为，你还有一个最大的不足，就是晕得。你看你，现在遇到了这么大的好事，听到了这等好消息，你硬是表现得无动于衷，简直跟什么也没有听到、什么也没有发生一样。如果是我呀，我硬是高兴得恨不得一蹦三尺高！"王正良话音刚落，忍不住自己笑了起来。方和平听罢，仍一本正经地说道："老班长啊，我就是这样的性格、这样的人，爹妈生成的，看来一辈子也改变不了了。对于这个好消息，我是听在耳里，乐在心里，我很感谢艾书记的信任和你的推荐，保证在主持工作期间，把你交给我的任务完成好、落实好，给艾书记和你一个比较满意的答卷！"

就在这次交心谈心之后，王正良更加对方和平放心了几分。今天，方和平工作做得越发出色，王正良除了留恋和牵挂这里之外，还有一种伯乐的喜悦，心里感到无比欣慰。眼下，他就要离开神龙山了，心中不知还有多少话要说。他与为他送行的同志们一一握手，在无以言表的心情和因真情而溢出的泪水中，狠心地坐上车子，示意司机向县城驶去……

一

　　天气说变就变，空中突然飘起了雪花，这算是进一步应验了王正良昨天早上在天上看见的两道彩虹必然是先晴朗后下雨雪的天象。王正良弄不清这是上苍在为神龙山的人民挽留他而哭泣，还是在为他走向新的岗位而洗尘。他觉得这简直就是一个轮回。因为在他1999年正月十九到这里报到上任的那天，上苍就是用雪花与他相伴而来的，五年之后的现在，他离开这里的时候又在用雪花陪他而去。

　　小时候，他听过如果谁在出生的时候遇到下雨或下雪，那么在结婚的那天也必然下雨或下雪的说法，却不明白为什么会形成这样的轮回，以及当时的偶然性为什么会成为后来的必然性的奥秘所在。他希望把他在神龙山五年的这个轮回化为一个真正的句号，使自己这几年所做的一切，能够作为对神龙山人民一个比较满意的交代。

　　辞别同志们，为王正良送行的那辆桑塔纳轿车转身穿越在古老的山镇街道上。在城里或山外人看来，神龙山是一个神奇而又与政治始终联姻和互为依存的地方，这里面的原因除了神龙山山清水秀、人杰地灵、官宦辈出之外，还因为这里的人们十分关心政治，他们对干部成长和事物变化的认识、分析和预测结果，往往接近和符合他们最初对某种情势的判断。因此，一些对神龙山这个地方嫉妒或不算友好的人，习惯于用异样的目光看待这里的人们，说他们像"老鼠子掉到面缸里，只有一张白嘴"一样，成天把精力放在谈论别人官职的升迁和职位变动上，对于自己如何发展和改变贫穷面貌没有比较好的思考和行动。

王正良则不这样认为，通过这几年的朝夕相处，他觉得这里的人们不仅勤劳、朴实，而且有耕读传家的传统和对事物的正确认识。特别是对山区农村重大现实问题的思考，颇有切实的深度和独到的见解。他们对政治的关心，实质上是对自己命运的关心，希望从这里走出去和从外面走进来的每一个人都能够给他们创造生活上的财富和带来经济上的实惠。作为祖祖辈辈都生活在这高山之上的人们，他们期盼摆脱高山和贫困的折磨，肯定是无可厚非的。那么在这几天，对于王正良职务变动的这个重要事情，这里绝对炸开了锅。记得大约在去年正月尾几，镇里那位已经退休的老党委副书记吴思金同志曾经气冲冲地来到王正良的办公室质问王正良，说是他在神龙山街道上听说县里准备叫与神龙山相邻的盐池乡的人大主席去当交通局局长，准备叫花枝镇的政协联络处主任去当民政局局长，他见街上的那个王副县长的亲侄儿王猫子在众人面前说得眉飞色舞、手舞足蹈的样子，顿时气得七窍生烟，于是直奔镇里指着王正良大声喝道：

"王书记，你简直没的用，人家都在跑关系，送人情，找人脉，走后门，去县里当大官，你只会天天待在山里跟我们这些山巴佬瞎混。现在好了，你看别处的人大主席、政协联络处主任都快要到县里当这局长那局长了,我们却没听到你的一点点好消息。今天你王书记说句明白话,你在这里工作已经五年了,你只说你去不去县里找领导,如果你不找,我就拼了我这条老命,我去找他们,非把县委组织部给它闹得个天翻地覆不可!"

此刻,王正良像小孩子受着大人的训斥一样,老老实实地在那里听着,待这位老书记说完,起身安抚道:

"老哥哥呀老哥哥,你刚才说的这些,都是道听途说的,干部变动的事情我们应该以上级组织的口径为准才是啊!"

"你懂什么!干事的干部靠边站,会跑的干部在升迁。我看你以后也没有多大出息,我们神龙山的人算是指望不住你了!"

吴思金发泄完毕,"啪"的一声关上了王正良办公室的门,带着严重的不满情绪,怒不可遏地走了出去。

就是这一幕,使王正良更加爱上了这里的山水和山民,把他的使命更加执着地扛在了自己的肩上。

今天早上,镇里街道上的土著居民和在街上务工经商的知道王正良就要离开神龙山的人们,早已三三两两地站在街道旁边,不约而同地放下了手中的生意,举目张望着王正良从他们身边经过。目睹此情此景,王正良摇下挡风玻璃,伸出头和手,在这条空气清新的街道上频频地向这些质朴的山民们致意。面对感人肺腑的真实场景,他不想下车和自己曾经的百姓们一一道别,不然,他王正良一定会和大家以泪相拥,放弃回城的。

车子一直在匀速前行,直到王正良与最后的那位山民用手打过招呼之后,他才升起车门玻璃,像过电影似的,追忆起他在神龙山难忘的五年时光。

有一次,在到这里担任镇长的第一个秋天的上午,他和几个同志一起下乡到白云奄村检查烟叶生产情况，一路上，他们伴随着山间小溪，穿行在云雾缭绕的崇山峻岭之中。途中，从对面的农户人家里传来了"杠子／老虎／鸡啄虫"的打赌喝酒的吆喝声。同行的办公室韩主任见状，有些不好意思地跟王正良解释：

"王镇长啊，这就是我们山里人的惰性所在。你看，现在已是上午10点多钟了，他们这些人还在喝酒不干活，难怪我们这里穷得不得翻身啊！"他接着叹了一口长气，巴望着王正良。

不料，王正良却仰头大笑起来：

"兄弟呀兄弟，你看看我们脚下的叮咚泉水，看看我们眼前的滚滚云雾，再听听我们耳熟能详而且是我们父老兄弟曾经不知吆喝过多少次的'杠子／老虎／鸡啄虫'，这该是多么美好的山乡景色啊！"

"景色？什么景色？我看他们完全是好吃懒做成习惯了！"

"千万别这样说呀，我们要用第三只眼睛看待这种现象。依我来看，这叫作：

'山雾蒙蒙山水清，

山中何人开怀饮，

隔山猜拳令，

满山念党恩。'

他们不是好吃懒做，而是选择自己的生活定式；他们不是好逸恶劳，而是在歌颂社会主义的幸福生活。其实我们干部在工作中所追求的就应该是这样的目的和效果。"

在古诗词中，四句诗词成为千古绝唱的很多，如项羽的《垓下歌》、陈子昂的《登幽州台歌》，以及许许多多类似的名诗都是好诗好词,因此,我们不能小看了小诗短词,王正良这首信手拈来的《凭阑人·山颂》正是以短小见精。

词的篇幅不在长短,关键在于是否有意境,是否表达出某一种感情,这首词中最难得的是平淡之中见真情。从王正良含而不露的平淡语言里,你会觉得他对当地农民生活水平的提高感到由衷的高兴,全词仅用了二十四个字,农民念记党恩的场景在字里行间就得以恰到好处的体现。同行的人不得不佩服他立意的高远和选材的巧妙。

全词娓娓叙来,朴实真切,使同行的人自然产生出"何当载酒来,共醉群山中"的感慨,也使他们在对比王建的《田家行》之后,为21世纪山民们的幸福生活感到无比的高兴。

他们边走边议,边想边说,王正良利用上坡歇息喘气的机会随手指着面前的一棵木梓树,对这位干部说:

"你看它,这是什么树?"

"这是木梓树,我们山里多得很!"

"怎么样啊,兄弟?"王正良问道。

"什么怎么样啊,你看它,长得枯绷绷的,结的木梓也没的人收购,只有到冬里了刷下来喂羊子。"

"不对呀兄弟,这叫:

'深秋老树开花,

疑是雪落枝杈,

近观木梓抓抓,

秦巴山脉,

此时风景如画!'

你说像不像啊兄弟?"

"像，像，很像，特别像！"韩主任不解地看着王正良，"王镇长，你真会想，真会归纳，我们天天生活在百花丛中，咋就这么麻木呢？"韩主任说罢，顿时引来一阵哈哈大笑，王正良在上坡处那个难行的石坎上拉了韩主任一把，和同志们继续往前走去。

游子在外，唯念桑梓。家乡何以用"桑梓"来比喻？《诗经·小雅·小弁》中有"维桑与梓，必恭敬止"，是说家乡的桑树和梓树是父母种的，对它要有敬意。后来就用"桑梓"来比喻故乡。桑，过去人们植桑养蚕缫丝，是人们穿衣之源；梓，以前人们用木梓榨油点灯，是人们光明之需。山乡深秋时节成熟的木梓，白花朵朵，开满枝头，开满农家房前屋后，给人以丰收之喜、光明之望，确实值得赞美。

这首曲子乍一看去，好像不太显眼，叙述平平，几乎没有一个夸张的句子，没有一个使人上眼的词汇，硬是"淡到看不见诗"的地步。然而仔细品品，味道就出来了：开头二句有"忽如一夜春风来，千树万树梨花开"之韵味，远看似雪，近瞧却是一抓一抓的木梓，有小说悬念之妙。尤其第三句"抓抓"一词，很有乡土特色，不仅使人感到亲切淳厚，而且生动形象地写出了木梓大丰收的景象。看到这"抓抓"木梓，你的感叹激赏会从心里流出：啊！美丽富饶的秦巴山脉，此时风景如画！短短的二十八字，意蕴丰富，引人无限遐思，真是曲短情长。

王正良想到这里，脑子像翻江倒海一样，一发不可收拾地继续回忆着这几年难忘的一切。到神龙山工作的次年冬季，他到观音台村的老百姓家里整整住了三天三夜。那几天，他白天走访了八十七个农户，夜晚，座谈了十几个农民，通过察民情、听民声，为下一年度的山区农村产业结构调整掌握了第一手资料。在其中的一个晚上，他几乎彻夜未眠，山区农民吃水难和行路难的问题一直困扰着他，就在鸡叫三遍之后，他干脆起床在这个老百姓家里来回踱步，隐隐约约地听见在另一间屋里休息的山民夫妻在灯光下耳语着什么，他敲门询问，他们回答说正在算账，看今年赚了多少钱，越算越兴奋，越兴奋越不想睡觉。王正良心中顿喜，于是叫来那对夫妻，重新燃起火笼，围坐在那里，以他们现在的幸福喜悦为题，你一言，我一语，共同凑着凑着，硬是凑出了一曲农村税费改革后山区农民生活的真实写照：

（一）

木梓白了

枫叶红了

悠着步子

更浪漫了

（二）

棒子熟了

酒缸满了

摸着胡子

更知足了

（三）

牛下田了
羊上山了
扬着鞭子
更有劲了

（四）

公鸡叫了
东方亮了
数着票子
更高兴了

"自古逢秋悲寂寥，我言秋日胜春朝。"唐人刘禹锡的《秋词》流传千古，一扫前人悲秋之气，格调高昂。他和一对农民夫妻半夜凑成的这首不叫诗的诗《秋天里的山夫》，颇有刘诗的意韵，令人耳目一新。王正良和这对山民夫妻把山夫放在秋天这一收获的季节里，从四个侧面来瞧山夫，唱起了山乡小康的主旋律，折射出奔向小康的山夫的生活面貌，意境优美，情趣盎然。

"木梓白了／枫叶红了／悠着步子／更浪漫了。"王正良选取了有荆山地域特色的"木梓"和"枫叶"这两个意象来表现山夫生活的自然环境，颇有匠心之处。你若置身于秋天的山乡，秋风劲吹，无边落木，这时候木梓褪去了华衣，毕毕剥剥爆裂了果皮，那满枝白色的小果犹如梨花含苞待放；你若放眼于秋天的山乡，枫叶落霜，层林尽染，好似"霜叶红于二月花"。王正良着色"白""红"，有着强烈的视觉冲击效果。不仅如此，从炼字角度看，"白""红"二字与"春风又绿江南岸"的"绿"异曲同工，反映了一个动态的、渐变的过程。木梓由绿变白，枫叶由青变红，且秋愈深，白者愈白，红者更红。故第一幅画面有声有色，有动有静，使人浮想联翩，这时，山夫漫步于林间，映照着和煦的阳光，哼着山歌，平添了几分浪漫。

"棒子熟了／酒缸满了／摸着胡子／更知足了。"秋收之后是喜悦，金黄的玉米棒子挂在廊前柱下泛着金光。在山里用它酿酒已不是什么新鲜事，酒与诗自古孪生。"莫笑农家腊酒浑，丰年留客足鸡豚"，这农家的腊酒便是最美不过的玉米酒。秋冬之季，空气中弥漫着酿酒的醇香。酒缸满了，山夫醉了。一天劳作之后，一家人围坐火笼，品尝着吊锅子里的热腾腾的"生活"。黑脸的、红脸的汉子，大块地吃肉，大碗地喝酒，时不时地摸着满脸的胡子，生活的乐趣真是妙不可言。更为铺张的是在农家宾朋满座之时，十碗八碟，推杯换盏，主人把待客的礼数发挥得淋漓尽致。休怪主人太奢侈，怪只怪，这肉太厚，这酒太香，这情太浓！

"牛下田了／羊上山了／扬着鞭子／更有劲了。"我们在《诗经》中看到"日之夕矣，羊牛下来"，在北朝民歌中也听到"风吹草低见牛羊"。王正良从古诗中汲取营养，把农家牛羊赶来入诗，古朴而有新意。秋阳下的羊群，自古奔腾，在石间跳跃，在草间撒欢。山夫赶牛下田，牛铃叮当响，沃土腾细浪。这阵势，岂只是劳作，分明是新时期山区农村的劳动竞赛。听着那悠长婉转的号子，我们仿佛看到了挥舞着鞭子的山夫对现代山区生活的无限热爱和满足。

"公鸡叫了／东方亮了／数着票子／更高兴了。"许是昨夜的酒烧了一夜，许是腰包的票子鼓胀得使人难眠，鸡叫之时，山夫干脆起床数着在县场大潮中挣回的票子，心里踏实又不安分。票子入诗，可谓有独无偶之笔，历来诗与金钱如水之于火，然县场经济、小康水平，票子才是硬道理。点票子就是点生活，岂不浪漫？

这首诗构思看似信手拈来，随意敷衍，实则妙手巧裁，独具匠心。一是该诗四节，首颂风光之美，再颂生活之乐，三颂劳作之趣，最后是丰收之喜悦，全面反映了山夫的生活面貌。二是描写山夫心态，更浪漫——更知足——更有劲——更高兴。看似分割，实则互为因果，前后紧密相连。三是精选典型动作反映人物内在。用"悠着步子"表浪漫，"摸着胡子"表知足，"扬着鞭子"表有劲，"数着票子"表高兴，是最恰当不过了，不可替代。

文字简约也是这首诗的一大特色。诗是想象的艺术，王正良和这对农民夫妻把想象的空间留给了人们，让人们调动感官去品味这首诗。从视觉上，白的木梓、红的枫叶、黄的棒子，色彩绚丽多姿，令人眼花缭乱；从听觉上，牛羊在叫、公鸡在啼、号子在唱，细听，还有种子爆皮，天籁人语，一齐作响；从嗅觉上，空气中新翻的泥土气息夹杂着秋果的味道，更有酒的醇香弥漫在三山五岳……

这首诗的风格，俗一点地说，像山夫屋檐下的那串红辣椒，耐嚼经品；雅一点地说，像太空食品，浓缩精华。

王正良叫司机把车停下，走下车来，独自站在鸡鸣闻三县的鸡冠石旁那座在全省腾空度最高的大桥上，回想起那天晚上他带领同志们在这里通宵达旦地拦截蚕茧贩子的情景，顿时心痛鼻酸起来。因为在这之前，"春蚕到死丝方尽"的深刻内涵，恐怕神龙山人理解得最透彻不过了。作为植桑的老区，神龙山的整体养蚕水平几乎达到登峰造极的地步。正是由于这里的蚕茧质地上乘，无与伦比，从而人为地导致了年复一年的"蚕茧大战"。往年外流的蚕茧，都是因为黑心贩子们强买强卖、敲诈勒索而引起的。他们利用非法手段，在低价套购、高价贩卖的黑暗背景下，使当地的税收和百姓收入受到严重损失。那天，王正良和镇里的几位领导同志商量之后，决定设几道卡子，以切断贩子们贩运蚕茧的必经之路，树立政府"说管就管，管就管住"的声誉和形象。于是一声令下，同志们"天当房，地当床，野菜野果当干粮"，在各自的哨卡上风餐露宿，昼夜巡逻……

不几天，大家的眼睛红了，胡子长了，身子疲了，一副惨白的面孔，一团糟的头发，任何一个人见了都会顿时生出几分难以遏制的怜悯和心酸。听说之后，王正良原计划只是看看一线的同志们，后来总觉得有些于心不忍，干脆临时动议陪大家共同干一夜，目的是想通过自己的示范行动，使同志们真正受到精神上的慰藉。咋办呢？山里的百姓也好，干部也罢，就是一个"苦"字，一无金钱可发，二无物质奖励，剩下的只有做点思想政治工作、搞点感情投入了。在夜幕降临后的守候过程中，他尽量给同志们谈一些幽默典故，其中有文明浪漫的，同时也不乏趣味搞笑的，意在增加一些笑料，消除同志们的过度疲劳……

时至凌晨3点前后，同志们似乎明白了他的用意，异口同声地劝他去躺一会儿，说是有什么情况及时向他报告。无奈之下，他只好从之，极不情愿地躺在地铺上享受着这种"特殊"的待遇。说不情愿，倒不是什么条件简陋和蚊虫"虐待"，而是复杂思绪的缠绕和责任与压力的碰撞，使人难以安眠。算了，既然领了同志们的情，哪怕是蒙蒙眬眬的，睡就睡一会儿吧！

黎明时分，还未等到雄鸡报晓，王正良便起床独自在这座大桥上不停地来回踱步，思来想去，总觉得他的事业和他的命运与神龙山大地紧紧地连在一起。此时此刻的心情仍然同往常一样，所不同的是，今天站在两山之间的大桥上，越发感到了肩上担子的沉重，脚下道路的艰难。尽管这样，他没有丝毫的悲伤和痛苦，也没有丝毫的责怪和埋怨，唯有朴素的情感和虔诚的心灵驱使他坚定意志：让他和神龙山人民好好干吧，多则二三年，"鸡鸭牛羊肉，音乐伴烟酒"的幸福生活一定会向他们走来……

他久久地站在那里，一起和他在这里守茧子的教管会主任刘孝本似乎明白了他的心，来到他身边，用那知识分子特有的口气，十分理解而又装作不懂地问他："镇长，你在想什么呀？"

他，没有回答，只是拍了一下他肩膀，然后一起回到了哨卡……

这一夜，他们没有发现猎物，算是出了一口长气……

最近的一次是在去年9月，同志们都说夹马寨的奇特峡谷风光和潺潺小溪流水不亚于张家界的"金鞭溪"，纷纷建议把夹马寨的自然景点纳入神龙山中长期旅游开发的规划范畴。如此之高的呼声和好奇不已的心态，促使他和镇长产生了带领班子成员沿途实地查看的念头。那天，他们每个人都以山里人的打扮，背着干粮，拄着拐杖，从源头王家河出发，徒步行走15公里，目睹和领略了夹马寨峻峭秀美的峡峰奇谷、鬼斧神工的自然生态、悬崖峭壁上的逢春古树和忽深忽浅的山间小溪，以及那摇摇欲坠的鸡冠神石等等一连串美不胜收的奇特风光。此时此刻，他们似乎回到了《洪湖赤卫队》那种神秘的境地，大有"早上船儿去撒网，晚上回来鱼满仓"的快慰和喜悦……

其实，夹马寨是神龙山的一个小地名，他们这次徒步探险的地段，准确地说应该是"夹马寨流域"。一路上，他们在陶醉、在眷恋、在记录、在自豪的同时，跋山涉水进程中发生的那串串逸事也让人难以忘怀……

上午9时前后，他们东下2公里，"一山一水"阻断了行进的去路。那山直插云霄，坡度至少在70度，高度至少在800米，如果攀登上去不仅令人胆寒，而且极易发生不测之事。那水2米多深，山里的秋季与山外的冬季气温相差无几，袭袭而来的寒意，使人进退两难。同志们问王正良怎么办，他说干脆脱掉全身衣服蹚着过去。大家目瞪口呆，都不好意思第一个成为"裸体男模特儿"。无奈之际，他率先脱掉衣服走下去。同志们见状，只好逐一随之。约五分钟后，电视台的竹石同志与他首先到达彼岸。一上岸，他就急忙穿上衣服，而竹石同志却一丝不挂地扛着摄像机拍摄着其他同志裸体过河和赤条上岸的镜头，一同志见他正在抢拍此等画面，迅即扑入水中，生怕这一特殊的"丑陋"镜头万一暴露，成为同志们的笑柄。另一同志则以坦然的心态面对之，自言自语而且大摇大摆地走着说："即使你拍下来了，我谅你也不敢播放。"王正良站在旁边目睹着一切，难以自控地大笑不止，笑同志们在探险时把"丑陋"毫无保留地还给了大自然，笑那位班子成员特有的"处乱不惊"的心理承受能力……

越过险滩，经过一段幽幽河道之后，已是中午12点，大家都建议稍微歇息一会，给咕噜作响而且倍感干渴的肚子装一点东西。为此，在山里土生土长的办公室韩主任卸下肩上的山背篓时，大家饥不择食地啃馒头、掰鸡蛋、喝山泉、吃咸菜，感觉这些平时不屑一顾的饭菜，现在是如此的香，如此的甜，加上野外风光相伴，又是何等的富于浪漫和充满情趣。这香、这甜、这浪漫、这情趣，既非常人能具有，又非都市可享受。真可谓"世外桃源乃净土，喧嚣尘上皆几无"……

饭饱水足，他们拄着木棍继续前行。又走了一里多路，用于夹马寨一、二级电站蓄水发电的水库再次成了他们探险不可逾越的障碍。由于库深面大，一行人都不敢冒险游过去，唯有游泳技能较高的镇组织委员和电视台的竹石同志不听劝阻，执意畅游而去。另外九名同志唯一的选择只有翻山越岭。行进途中，大家相互叮嘱、提醒，彼此拉扯、照应，似经过八百年修行般的同船共渡，倍加珍惜缘分，又像同处困境的兄弟，共克时艰。一前一后，手牵着手，心连着心，把他们共同的前途和命运紧紧地而且是牢牢地捆在一起，唯恐哪位同志出现意外。现在回想起来，那步履维艰，时刻都有生命危险的前进道路，既令人发怵，又令人感动……

在他们这支探险队伍中，年岁最大的非政协联络处主任龚泽玉同志莫属了。他现年虽然已近六十，却始终以一位年轻人的心态和热情，冒着生命危险，涉深水，越高山，啃馒头，喝山泉。他说，他的任期最多还有五年，这五年，要和同志们一道建设这条旅游线，等到退休以后，来这里好好品尝今天的劳动果实……听了这位班子老成员的朴实语言和他所表达的真实愿望，同志们心里既甜又酸，无形之中，坚定了旅游开发的信心和决心……

回忆之中，王正良时而发笑，时而激动，时而流泪。想到这里，对昨天发生的故事不想再想下去了。因为现在摆在神龙山人民面前的只有一个"干"字，唯有"干"出一番事业，才能使神龙山的故事更加精彩地继续下去……

为王正良送行的车子走在那条颠簸崎岖的千米之高的公路回头线上，眼看再过两个多小时，就要回到县区，从此结束和妻子女儿的离别之苦了，此时他又想起了每逢女儿过生日时，他所欠下的感情债务，因为屈指算来，他已有六个年头没有在女儿生日那天与女儿同乐了。每每想起这些，那无奈的思绪和愧疚的感觉，总像一块石头重重地压在心底，他只好在康西之巅通过电话放飞情思，然后飘落在属于他们共同的港湾。

记得那年春节刚过，拿着委任状到这个地方工作的时候，王正良的女儿方才两岁有余。当时，幼小的她虽然无法知晓父亲远行的缘由，但是她却本能地意识到这是一种骨肉的分离，所以在第一次分离到后来多次相聚多次分离的过程中，她只好用哭声进行真诚的挽留，极不情愿地看到分离的重复和相聚的结束。耳闻这种哭声，世上任何一位慈祥的父亲都不会也不可能在这种令人心酸的情形面前麻木不仁地拂袖而去。

最使人难受和最带有"欺骗性"的是那年9月的一天，妻子提前打来电话特意提醒他要在女儿生日的那一天亲手为女儿点燃蜡烛，然后在《生日快乐》的歌声中切开蛋糕，幸福地欢度女儿的五周岁生日。殊不知，一位对荆山之巅有特殊贡献的本籍领导同志的生日与他女儿的生日同为一日，得知此事，王正良当然要把抓大放小当为上策。因为这个地方太穷了，恐怕再过十年八年也离不开外援来支撑财政的运转。那天，妻子再次来电问他是否回家，他明知难以实现诺言却又违心地许下诺言："今天一定回来……"

俗话说，"赚钱的祝米，折本的生"。那天上午，他和镇长厚着脸皮，两手空空地乘车前往自治地委，为某领导祝寿，饭后返回县区已是当晚9时。此时，王正良自知理亏，小心翼翼地打开房门，只见饭桌上放着一块专门为他留着的蛋糕，妻子抱着熟睡的女儿在隐隐的灯光下困倦地哼着《摇篮曲》，期盼着他的归来……

也许是王正良太累了，也许是他不愿再过多地追忆下去了，他叫司机打开音乐，微闭着双眼，暂时忘却一下今后将会令他魂牵梦绕的神龙山……

二

"嫂子，我们王书记调到县里当局长了。"司机对习惯地听到小车子声音就赶紧开门站在大门口的王正良的爱人说。

"啥局长？不不不，哪个局的局长？"

"交通局局长。今天我是送王书记回来报到的！"司机告诉她这个消息的时候显得格外自豪。

"又是一个操心的窝子，喝酒陪客、跑路熬夜，不把身体搞垮，算是个稀奇！"

"嫂子，这可是一个好窝子啊，王书记再也不会像在神龙山一样，成天吃苞谷糁、喝苞谷酒、啃苞谷梭子了。交通局条件好，管全县的车，修全县的路，今后逛北京、游上海、下广州的日子多得很，这一下子算是彻底从糠缸里跳到米缸里了。"

"莫说了，先把他那些一年四季捂得酸臭的衣服拿出来甩到外面透透气，然后我把洗衣机拖出来到外面洗，千万莫把那些臭气搞到屋里来了。"

王正良的妻子王小红心直口快，像喷射的水龙头，一口气说了一闹串扫兴的话，王正良听来很是有些不悦。

"嫂子，只有两箱子书，其他的被子和换洗衣服之类的东西，送给了天天在厨房做饭的韩师傅和陶沟村的陶书记。"

"给人家了？人家要吧？臭气熏天，哪个要他那些只差跟破烂一样的东西？"

"韩师傅和陶书记家里都穷得很，王书记昨天晚上叫我已送给他们了。"司机如实地说。

"送就送了吧，我担心人家前收后扔。不说这个了，快进来，先擦把脸。"

说罢，王小红和司机一人搬了一箱书进屋。邻居王正忠听见王小红和司机小韩的说话内容，连忙出来祝贺：

"王书记呀，这一伙子可好了，我真是为你高兴啊！"

"呵呵，环境优了，条件好了，管钱多了，风险大了，你说是吧？"王正良正经中带着玩笑地说。

"王书记呀，你以后可要照顾我呀，我们一是邻居，二是同姓，三是搞建筑是我的专长和看家本领。我保证把事搞好，不偷工减料，不给你惹乱子。逢年过节给你表示嗨，保证不会让别人晓得，即便别人怀疑，向检察院举报了，他们打死我也不得说！"王正忠斩钉截铁地说。

"忠子啊，我只知道交通局门朝哪儿开，树朝哪儿栽，但是现在啥子都是一片空白。现在咱们不说这些好吧！我想，我们两家子以后的关系，要是心越走越近、人越走越远就好了。"

"那是那是，以后我不会随便给你添麻烦的。工程上的事情，今后你要我搞，我就搞；你不要我搞，我绝对不会厚着脸皮缠着你搞。今天我说句话放到这里，让你以后检验，我以后如果为难和纠缠你了，我发誓不是人养的！"

王正良听罢王正忠的这番话，感觉他有些严肃到顶了，生怕他在说气话，连忙递上一支香烟，靠近安抚道：

"兄弟莫见怪呀,我说的是真心话,我希望你说的也是真心话,你就当作我这个'本家子'哥哥仍然在山里工作一样,多支持,多同情,多关心,多理解,好不好?"

王正良帮他点燃香烟,接着说:"五百年前,咱们肯定是一个祖宗,五百年后,咱们又住到了一起。我在山里这几年,你和弟媳关照你嫂子和侄女她们很多,我每次听你嫂子说了,心里真的非常感激。现在我调回来了,虽然别的忙帮不了你,但是起码你这个'本家子'哥哥可以给你撑门户啊,在外面别人一说起来,某某某的远房叔伯哥哥是堂堂的交通局局长,别人在你面前笑脸相迎,老远相送,佩服至极又恭敬万分;虽有嫉妒但不敢欺负,到那时候,你说你感到荣耀不荣耀?"

"荣耀,荣耀,肯定荣耀!你这当哥哥的还是水平高一些,三句两句把我说得心悦诚服的。干脆这样,今中午我管场,既算接风,又算祝贺,你、嫂子、侄女都去,一个也不能少,我现在就到馆子安排去!"

王正忠说是风,就是雨,屁股一扭,开着车子直奔那个馆子。

前些年,在王正忠的提议下,王正良和王正忠认成了本家子。他们同姓同派,但不同族,上三辈、下五辈没有一派对得住,到了他们这一辈,不约而同地改成了"正"字派,纯属一种巧合。王正良在神龙山工作的这几年,经与王正忠的弟弟王正华是同学关系的镇长方和平同志介绍,得知王正忠有一手比较过硬的建筑工程技术,便推荐他到神龙山做了一些维修之类的建筑工程。这在当时的神龙山引发了不少的议论,说王正良安排本家子弟弟到神龙山包揽工程,王正良不便把矛盾推给镇长,一直背着这个不大不小的冤枉和黑锅,直到现在回城了,王正良仍然把这件事情闷在心里，从未向任何人提及此事。既然王正忠今天中午如此热心，王正良一家人自然要被迫而去的，凭王正忠的性格和习惯，王正良今天中午肯定是非喝个半斤不可。现在，他一想起往日在神龙山喝酒的情形，心里就有些发怵。

因为山里盛产苞谷，当然也盛产苞谷酒。

每到年末岁尾，忙碌了一年的山民们总要支灶台，砌酒池，用自家田里收获的苞谷酿造几缸苞谷酒。那备战备荒的样子，足以让人感觉到他们与酒的缘分和对酒的绝对依赖。

王正良是山外人，自然对山里人以酒为伴的生活习惯很不适应。记得他刚到这个地方工作的时候，苞谷酒几乎成了他用餐过程的沉重负担。那散发着浓郁的煳香味的苞谷酒，如果你拒不接受，质朴的山民便会双手捧着酒杯，毕恭毕敬地站在那里动也不动，用虔诚而乞求的目光盯着你说："你就喝了吧，山里的苞谷酒经饿提神。我们现在脱贫致富了，让你喝个落心杯还不行？"倘若喝吧，像连环套式的车轮战术，无止境地频频向你袭来，顿时令你欲饮不能，欲罢不忍。

毕竟接受了独特酒文化的熏陶和洗礼，随着时间的推移，这股古朴的民风便使他认同了苞谷酒，从此把他卷进了陪客者敬、做客者饮的行列。为此，王正良在一次醉酒之后大发感慨，写下了一首以山里人饮酒取乐为题材的打油诗："开壶起壶落壶/你来我往不休/醉倒一群酒翁/待我醒来/他人酣睡呼噜。"

后来，他和镇长决定镇里公务接待用酒一律改用山里的散装苞谷酒。这样，既符合镇里的经济实际，又尊重了当地的民风民俗。不料此举正中客人下怀，他们像在城里吃腻了大鱼大肉而改吃山里的无公害蔬菜一样，厌倦了昂贵的、包装精致的瓶装酒，转而对散装苞谷酒格外青睐。目睹这种看似冠冕堂皇、实则难以启齿的接待水平，每逢镇里来客时他和镇长只好死要面子地先发制人地说："是男人，就该换换口味了。"于是，大笑之后必然你来我往，席间他们大赞苞谷酒是上乘的无公害绿色食品，生怕客人瞧不起它而出现尴尬局面。斗转星移，他们就这样循环往复而且是强装笑脸地陪过了一拨又一拨的客人，旁观那酒醉饭饱之后的情景，走者虽是那样知足地走，留者却是如此难耐地留……

记得那年仲秋的一天早上，一种毛茸茸的东西兀地模糊了他的视线，王正良心想自己今年已近四十不惑，可能是生理老化的正常反应。殊不知，医生警告说他视力下降是由于长期饮用含有大量甲醇的苞谷酒而出现的甲醇中毒病症，必须停止饮用，否则视力还会急骤下降。

回到寝室，医生的忠告使他勾起了对自己叱咤酒坛风云的回忆，回想这几年陪了这么多客人，喝了这么多苞谷酒，有这么多甲醇侵入体内，不禁心惊肉跳，竟然怀疑自己的记忆是否发生了紊乱。想着想着，一阵急促的敲门声把王正良拉回了现实。他问有什么事，前来叫他的办公室同志说是镇里来了客人，要他和镇长去陪他们吃午饭。此时此刻，进退两难的矛盾心理不知怎么样向他人袒露和陈述，为了工作，伤了身体，也不知今后该怎样向老婆和孩子交代。但是反过来一想，这个地方太穷了，恐怕再过一些年也离不开外界的援助。算了吧，干脆心头一横，身体次要，还是做人要紧……

那天中午，起码又有四两超标甲醇的苞谷酒侵入了他的体内，尽管这有害物质使他的视力进一步衰退，但是这四两苞谷酒却为镇里换来了一吨的汽油钱。王正良在喝酒这件事上的诸多苦楚,恐怕带有一定的普遍性,从中反映出了不少的社会现实问题。其一,是吃喝风气问题。书记出面陪客,绝不是一般的客人,这些客人如果用餐时少饮或不饮,岂不是既减轻了基层的经济负担,又减轻了陪酒人的精神和身体负担?其二,当今人们的酒文化和酒观念于社会的发展相对滞后。"无酒不成席""一人不饮酒"等传统观念仍在不少酒民身上作祟;"领导不陪,对人不敬""席上不劝酒,主人不热情"等错误思想在有些"酒君子"脑中泛滥。这些都与现代社会的发展不相适应。其三,优秀的传统酒文化受到污染,渗进了许多不健康的东西。"工作酒席上谈""你喝一两酒,我给一吨油"等不良工作作风与庸俗的酒文化同流合污,泛滥成灾;"感情深、一口吞"等野蛮、粗俗甚至下流的劝酒方式的演变,完全背离了发展酒文化的初衷。更为严重的是,少数人酗酒、闹事,甚至犯罪。所有这些,都是与酒文化的发展初衷背道而驰的。

这些年来,他不知道自己喝了多少次酒,也没去计算他喝了多少斤酒。不过有一点是可以肯定的,就是每次喝酒,都不是他心甘情愿喝的。他一根扁担挑两头,为了一头挑起上级的信任,一头挑起山民的希望,在酒风盛行而神龙山接待水平又极其低下的情况下,他不得不去喝那些难耐的苞谷酒。镇里来了上面的客人,连棒槌挖的两只眼睛的人也是领导,即便他们没有官职,但是他们有对神龙山说行或不行的权力,哪怕是那些县里强势部门来的临时工,王正良和镇里的干部也得在接待上对他们表现出十二分的真诚,否则他们回去后不是说你差,就是说你坏,让你所做的工作在他们的唾沫里变得一文不值。

一天晚上，王正良陪酒之后，还得处理必须处理的业务，他在带领几位同志去神龙山中学检查中考备考的途中，不幸跌入三米多高的挡墙坎子之下，他的右肩胛骨严重骨折。之后，王正良在镇卫生院包扎后回到自己的住处，疼得他一夜未眠，殊不知次日凌晨，县督查室主任盛子豪在盐池乡打了一夜扑克之后，未打招呼地来到了神龙山。镇长方和平陪他吃早饭的时候，好说歹说人家盛主任坐在餐桌上就是拒不用餐，镇长后来才知道盛主任反复问王书记到哪里去了的原因，原来是书记不出面，盛主任没面子。人家盛主任讲的是对等接待，你王正良伤得再狠，但只要还待在镇政府这个院子，你就应该出来见见人家，至于你王正良伤得怎样，能不能吃饭，那是另外一码事。于是，方和平再次向王正良汇报，王正良听罢，只好忍着疼痛，前往政府食堂。果不其然，盛主任一见王正良，脸上的乌云顿时转为万里晴空，大声乐道："我的哥哥呀，你还好哇！"话音一落，便去握手，王正良"妈呀"一声，吓住了所有的人，盛主任这才信以为真："哥哥，你真的受伤了哇？！"

"是的，我如果骗人了，不是我妈养的！"王正良打赌地说，"和平，拿苞谷酒来，我一是陪盛主任喝一杯，二是止一下骨折的疼痛！"

方和平和同志们见阻止不住，只好从之，一下子让盛主任目瞪口呆。这时的王正良，他只有一种特殊的感觉，那就是，他刚才喝的不是酒，是吞下去的泪水和滴在心里的血。王正良为什么要这样？因为他心里清楚地知道，如果不这样，盛主任那张炮筒子嘴和那种破竹竿子腔要不了几天，绝对会在县里和领导同志们面前把神龙山和王正良孬得一钱不值。

还有一些来自县里或上级的客人，习惯于居高临下和不可一世，他们长时间的养尊处优，使得他们觉得任何时候都应该高人一等，他们平时只能听好的，吃好的，喝好的，收好的，你稍有不慎，他们就会给你带来无尽的麻烦。在接待过程中，你光有诚意还不行，必须辅之科学的接待方法和艺术，当时在整个通天县就广泛流行着这样的顺口溜：

陪酒不说话，

等于打嘴巴；

拈菜不叫人，

啥事办不成；

吃饭没笑话，

要钱没办法。

王正良开始到神龙山工作的时候，根本不懂这些，在那次招待一位军人出身的副县长的时候，由于方式方法出了问题，结果被骂得狗血淋头。当时，那位副县长很喜欢在酒桌上谈笑风生，讲了很多部队里的幽默故事。王正良听后也想掺和进去把气氛进一步活跃起来，于是便讲起他的邻居喂了一只狼狗，是从省里一个警犬训练基地花重金买回来的德国原种狼狗，个头大，形象好，很是威武，特别是那狼狗脖子上系着一根皮带，被主人牵着站在那里的时候，威风凛凛、目不斜视、昂首挺胸和蓄势待发的样子，看上去既像一位军人，更像一位军官。说到这里，副县长突然扔下筷子，随手把桌子一拍，大声骂道："你是不是在说老子像条狗？"一席话，使饭局上仅有的一点儿活跃气氛一下子荡然无存。就是这一次，王正良不仅被罚了酒，挨了骂，吃了亏，道了歉，而且在全县被传为笑柄，使得他一年多每当在酒桌上吃饭的时候根本没有抬起头来。

后来,王正良认识到了这无疑是他自己的错,警醒他以后在喝酒的场合一定要谨开口、慢开言。说话的时候一定要照顾好领导的身份和情绪,尽管一直小心翼翼在这样做,但还是吃了不少的闷亏。

那天下午,他从A村检查完农业税征收情况之后再转身步行到C村的时候已是当晚8点多钟了。村干部把他们引到一位老百姓家里安顿下来,说什么也不让走,要他们无论如何在家里吃顿晚饭。

这位老百姓好像提前有所准备似的,前后不到一小时,便十分麻利地把独具山区特色的"对子席"摆上了餐桌。

于是,他们相继被邀入席,在皓月与灯光的映照下和鸟语与花香的环境中,忘却了身子的疲惫和收税的烦恼,随着主人恭敬而富有诚意的言谈举止,开始了高山之巅别有风味的浪漫晚餐。

席间客人不多,除了王正良和几位镇村干部之外,还有一位农民模样的陌生青年,他给大家的第一印象不仅是衣着不整,不修边幅,而且那污垢的蓬头看上去至少有好几个月没有梳洗了。当时王正良想,这个青年农民要么是家里太穷了,要么是最近太忙了,不然的话他不会以这副十足的穷酸样出现在人们面前的。边吃边想之中,王正良的怜悯之心油然而生。他总觉得,农民就是这样,成天脸朝黄土背朝天的,仪表和衣着对他们来说是件无所谓的事情。不能因为彼此之间身份与地位的差异和衣着装扮的不同而使对方不能得到应有的尊重,更何况王正良的兄弟姐妹同为农民,情况和境遇与这位青年农民相比也好不了多少。

王正良端起酒杯向那位青年敬酒，问之姓甚名谁，家住哪里，有什么致富门路，农业结构调整搞得怎么样。对方对答如流："王书记，我叫×××，住在C村，家里四口人，每年杀两头猪，卖两头猪，养的有蚕，种的有烟，买的有彩电、影碟机、摩托车，全年家庭纯收入都在一万六千元以上。您放心吧，我们当农民的就是要把田种好，把钱挣多，把家庭搞富，没有这点本事还能在社会上混？来，王书记，您先敬我一杯，说明您平易近人，我再敬您一杯，说明我尊重领导。"听罢此话，王正良心里感到很是安慰，因为农民富了无疑是令干部高兴的事。接着，他毫无顾忌地接受了他的意见，两人痛快地把酒喝下。

刚刚拉开晚餐的序幕，弄不清这位陌生青年是由于找到了喝酒对手的缘故，还是由于长时间没有喝酒的原因，顿时酒兴大发："王书记，我再代表我们C村的干部和群众各敬您一杯。""别慌，你先说说你今年的农业税费缴了没有，缴了多少。"话音刚落，只见那青年先是两眼发直，后是双手僵硬，呆若木鸡地站在那里一动不动，抖动着嘴唇顿时吐不出一个字来，瞬间，犹如噩梦初醒，丢下手中的酒瓶和酒杯，转向门外拔腿就跑。目睹此景，王正良茫然不知所措，问这是咋回事，坐在旁边的C村干部对他耳语："这家伙是他们那有名的抗税头子……"

村干部的回话，犹如给王正良泼了两瓢三九天的冷水。

后来他一直在想，亲民爱民本身没有错，但他偏偏在这个问题上又犯了错。为什么？答案很简单：绝大多数人可敬可爱，极少数人可恶可憎。

时至今日，每当王正良在闲暇时想起这件事情，最后悔的就是喝了那混账的两杯酒。

　　而今天，王正良已没有了这些顾虑，因为王正忠与王正良相邻多年了，对彼此的性格、脾气等了解得都比较透彻。在王正良看来，王正忠虽是一个建筑工头，但不是那种穷得只有钱的人，性格急躁但通情达理，脾气来得快但一说一了，读书不多但并非只会算账，说话办事和诚实守信的文明程度比王正良过去认识的那些工头们要强得多，压根儿不是那种唯利是图、投机钻营、坑蒙拐骗之人。如果不是这样，王正良肯定是不会和他交往和接触的，也更不会和他攀亲结友。他准备中午去了痛痛快快地畅饮几杯，然后好好地睡一觉，明天再去县交通局报到。

　　不料，王正良是个有事拼命干、无事想着干的"鸡扒命"，这天中午，他不仅酒没有多喝，而且觉也没有多睡，整整一下午，他把他的家里当成了办公室，翻着电话簿，一个接一个地打着电话。

三

上午的会议在 8∶30 准时召开,这次由县交通局七名班子成员、十二个二级单位负责人和包括科(室)长在内的全体机关干部职工参加的会议,是在县委常委、县委组织部部长周劲波同志的主持下召开的。王正良昨天下午在家里不断地打着电话,其中就包括向上级请示今天上午开会这件事。因为按照县里统一要求,这次所有的调整对象必须三日内到所在的工作单位报到,否则,不管是什么原因,有什么理由,一律就地免职。王正良当然不能例外。话再说回来,交通局这个事关系着全县经济发展命脉的大摊子,不知有多少事需要去定、去做,他王正良过去对交通业务一窍不通,一点不懂,早点去接触和学习,去启动和运转,绝对是正确的。到了昨天晚上,王正良又给全体班子成员挨个打了电话,一是在电话中向同志们报个到,请大家在方方面面多支持和帮助他的工作。二是说,经请示县里分管领导同志,明天上午准备开一个科(室)长以上人员参加的会议,与大家见见面,谈一些自己的粗浅看法和想法。三是说,如果时间允许的话,与班子成员分别坐一会儿,把思想状况和各自分管工作的情况初步掌握一下。围绕这三层意思,大多数班子成员从表态的口气到内容都令他非常感动,唯独一位副局长不知是什么原因，王正良从他的话语中总感觉到有些不对劲。他说，不管谁来当局长，我只管自己当好副局长，我不巴结谁，也不在乎谁，更不害怕谁，只负责把自己要搞的事搞个差不多就是了。王正良毕竟是第一次和他通话，不便质疑和修正他的话语，只好顺着他的话，说了"知道知道"之后，便挂断了电话。

县交通局位于通天大道南侧的十字路口，始建于1967年的办公楼，看上去显得很是古典和陈旧。多年以来，通天县的交通干部职工把精力用在交通事业的发展上，这栋与他们付出的心血极不相称的办公楼，好像装满了他们说不尽的酸楚和道不完的委屈。那些印着依然清晰可见的"革委会"编号和字样的办公桌椅，也好像承载了他们沉积多年的曲折和沧桑。王正良过去从未进过交通局的大门，当今天早上信心百倍地踏进通天县这个赫赫有名的强势部门大门的时候，心里除了有一种说不出的怜悯、同情和不解，也油然而生了对曾经和正在这些岗位上工作的人们的敬佩之情。马上就要开会了，王正良不想去唱那些从提高认识到统一思想、从强化措施到加强领导的一以贯之的、连学生们都会唱的高调子，只想把自己的真实想法和肺腑之言说出来，让大家结合各自的职能岗位和工作实际去做好各自的工作。

县委常委、组织部部长周劲波是一个对王正良非常了解的领导同志。五年前，王正良在神龙山镇，书记、镇长一肩挑的时候，是他去谈话提要求的。现在，他在时隔五年后又来送王正良踏上新的征程。看得出来，他们之间毫无疑问地因工作结下了深厚而纯洁的友情。平日里，在通天县的科（局）长这个层级的干部们普遍认为周劲波同志很有亲和力、凝聚力和号召力，今天他来到这里，交通系统的同志们自然是欢欣鼓舞的，对他安排布置的工作，绝对不会打什么折扣。

周劲波在这个会上的主持词总共只说了三句话。第一句话是，王正良同志大家都认识或者有所认识，他今年不到四十岁，经过多个岗位的磨砺，是县里的优秀后备干部和上次县委、县政府换届时的候选人之一。县委对于上次换届由于职数的限制，致使王正良同志没能进入领导层感到愧疚和遗憾。第二句话是，王正良同志为人正直，吃苦精神强，能够把一个贫穷落后的神龙山领导好、建设好，同样有能力把全县交通工作抓得更加辉煌，更加卓有成效。对于这一点，县委认为是毋庸置疑的。第三句话，王正良同志是一个眼睛进不得沙子的人，喜欢说实话、讲实情、干实事，见不得阿谀奉承、投机钻营和背后戳事的人，心肠好，脾气大，讲感情，过得硬。简单地说，就是一是一，二是二，做像做，玩像玩。同志们要熟悉和了解他这种性格，做到讲团结、守纪律，在王正良同志的带领下，一步一个脚印地把我们通天的交通事业往前推进。

这番话，周劲波讲得真切，同志们听得认真。身为交通局党组书记并且在交通局主持全面工作长达一年之久的陈崇政同志首先做了非常诚恳和积极的表态发言，然后，其他几名班子成员跟着表态。尽管语言不多，但是原则性强，表现出了较好的大局意识和全局观念，整个过程，共同烘托出了和谐的气氛，让初来乍到的王正良心里踏实了很多。

在各个环境中经历过风风雨雨的王正良，在换了场合、换了对象的情况下，耳闻目睹这样的场景，很是感动。今天，他在领导和同志们面前，觉得自己应该郑重地说出自己今后必须坚守的信念和承诺。

"同志们，我今天是以外行和学生的身份来这里向县委和交通局的同志们报到的。要说的话本来很多，但是现在还不了解情况。没有开始做事就夸夸其谈，显然是不切合同志们的思想和当前工作实际。既然今天是和同志们见第一面，不适当地说几句，又显得不够礼貌和不符合以往的套路，究竟说什么呢？我想说一说我自己的一些观点，如果大家认为说得对，有道理，就在各自的岗位上抓落实，落实的时候遇到了什么问题，再做一些调整或研究。如果我有哪些说错了，站不住脚，首先请我们周部长批评指正，再请同志们发表自己的见解，咱们形成共识，协同一致。大家看，怎么样？"

"我看你这个开场白搞得很好，很到位，我听了舒服，估计同志们听了也快活。"周劲波环视了在场的同志们之后说，"下面我们欢迎王局长讲话！"

一阵热烈的掌声，催促王正良继续讲下去。

"同志们，我的第一个观点是，交通是我们通天县国民经济发展和社会事业进步的根本命脉。山里干部群众说，要想富，先修路。这说明了什么？说明了发展交通事业特别是公路建设的愿望，在人民群众的心目中是极其迫切的，因此在这里我向大家提出，通天交通今后的标杆应当是：全国有名气，全省扛红旗，全地委争第一。"

周劲波同志接过话头："我看这个标杆既是最低标杆，也是最高标杆，这根标杆树好了，树牢了，我们的事业就不愁搞不上去了！正良，你接着说！"

"我想谈的第二个观点就是交通事业要以公路建设为支撑，

公路建设要以争资争项为支撑，要发扬'弯道超越'的精神，做到'用明年的钱办今年的事，用别人的钱办自己的事，用社会的钱办交通的事，用国家的钱办通天的事'，牢固树立'不修路即失职，不发展即渎职'的羞耻观，不遗余力地推动我们的交通事业。"

"正良啊，这样的观点只有你归纳得出来，讲，接着讲！"周劲波连连点头称是，适时给王正良以肯定。

"第三个观点，是一个严肃的历史命题，大家过去本来做得都很好，但是我今天必须换个说法提出来，就是我们交通系统每一个同志都应该做到'先修人，后修路；路修好，人不倒！'我们身处高危行业，守法与犯法之间的距离只有一个刻度线，根本没有'一步之遥'那么远。"

"正良啊，你算是说到点子上去了。尤其是你刚才说的只有一个刻度线。"周劲波很是佩服王正良的说法，把王正良的这句话专门重复了一遍。

"最后一点就是，同志们要用正常的心态对待我的到来，既不要因为我的到来而盲目高兴，也不能因我的到来就灰心沮丧。虽说对于一个人来说，过去的成绩跑不了，过去的问题也瞒不了。但是我想真诚地告诉大家，不管你过去怎么样，只看你现在怎么样；不管你富裕程度怎么样，只看你遵纪守法怎么样；不管你能说会道怎么样，只看你真抓实干怎么样；不管你对待领导怎么样，只看你对待下级和群众怎么样。这四方面只要我'看'好了，什么人我都敢放心地用。如果阳奉阴违，不干实事；如果利用职权，谋取私利；如果心术不正，戳事坏事，我肯定会依靠党组织的强力支持，一查到底，毫不留情的！"

王正良稍做停顿，然后扭头用商量的口气对陈崇政同志说，"关于当前工作，我看就是'三个不变'：一是班子成员原有分工不变，中层干部原有工作岗位不变，机关管理原有制度框框不变。你看行吗？"

陈崇政同志点头支持："你从现在起，就是我们的班长了，我和同志们一定会按照你的要求去抓好落实。"

王正良接着说："不过请大家共同克服一下，由于我目前对局里上下情况一点也不清楚，这段时间或者三个月内暂时冻结机关费用的财务支出，有什么必须开支的事项，请先给陈书记报告。待我把情况基本摸清楚了，再启动财务程序。"

"好哇，刚才王正良做了简单的报到讲话，大家听得一清二楚，他讲得在不在行，有没有水平，针对性强不强，我相信大家心里有杆秤，明白得很。希望大家从讲政治、讲纪律、讲感情的高度来加深对正良同志四个观点的认识、理解和执行，以全新的精神面貌推动全县交通事业的健康、快速发展！现在散会，谢谢各位！"周劲波同志最后来了一个大总结、大鼓劲，带着党组织的放心和满意，给了王正良充分的肯定。

今天的会议，其实只是一个"见面"会、"吹风"会，它所能起到的唯一作用，就是让班子成员、机关干部和二级单位的负责同志先把心安下来，然后通过他们的传达贯彻，使全系统的职工同志们从前段时间因局长缺位而产生的群龙无首和六神无主的心理状态中调整过来，把心思和精力用到工作中去。

会议结束之后，陈崇政很虔诚地来到王正良坐的前任局长坐过十六年的办公室，把他负责的这一年多的工作向王正良做了一一交接，然后共同把当前和今后一个阶段的工作做了粗线条的研究。

王正良对陈崇政同志的基本情况按说是比较了解的。他是1977年全国恢复高考制度以后毕业分配的首届大学毕业生，他是从与神龙山地理、气候一样的高脚顶乡一步步地干起来的，当过农技推广员、乡政府干事和办公室主任，二十九岁时便年轻有为，出任乡党委委员和党委副书记，三十岁稍余，又提拔到丘陵大镇担任镇长要职。1999年春，由于需要照顾常年卧床不起的妻子，只好委曲求全，调到县交通局任副书记和副局长职务，两年后，前任局长进入县委常委行列兼任县交通局局长，陈崇政同志接替了局党委书记一职，代行主持县交通局全面工作。

王正良的到来无疑影响了陈崇政同志的进步，因此从个人情感角度来讲，王正良心里肯定有些抱歉和纠结。所以在办公室里，他和陈崇政同志说了一番非常深刻的推心置腹的话，把人世间的人之心、情之理，坦露在陈崇政同志的面前。

"陈书记呀，今天我来局里报到，实际上首先是向你报到。你是党委书记，我作为局长之外的党委副书记向你报到是绝对应该的。"

"你看你说到哪里去了啊！现在体制是行政首长负责制，我虽然是党委书记，但接受你的领导和安排，是组织纪律和情理之中的事情。你放心，今后我保证没有任何思想情绪，也不会发表任何不利于团结和影响你威信的言论，积极主动地配合你的工作，把你安排布置的各项任务抓出成效，在同志们面前，特别是班子成员面前树立一面旗帜。"

陈崇政同志说这番话的时候，表现出了十二万分的诚意，使王正良领略了他的博大胸怀和良好素养，王正良非常感激这位同样从农村走出来的比自己年龄稍大一点的兄长，接着他的话茬说：

"我今后在局里虽然是局长，但是相对于你来讲，你是我的兄长。以后凡是我管不了、管不好的事情，只要有利于工作，你都可以管。我们两人的关系，犹如夫妻关系，我当爹，你当妈；我主外，你主内，让全系统的同志们经常听到佳话而不是闲话，经常看到相互捧台而不是相互拆台，你说对吧？"

"这是必需的，也是必然的，时间是最好的老师。老弟，你放心吧！我敢断言，我们这一届，一定会是全县局级班子团结和学习的榜样和楷模，这个任务完成得怎么样，请你看我的表现吧！"陈崇政同志谦虚而坚决地说。

"好了好了，咱们弟兄两个今天都不用相互恭维了，你看我想这样，我分别与所有班子成员都见见面，坐一坐，咋样？"

"我看完全可以，你和他们见个面，他们心里肯定会更安稳一些。"陈崇政坦诚地建议道。

王正良送走陈崇政，接着喊来了副局长钱文森，了解和听取他分管的全县道路运输工作情况。

钱文森是交通局班子成员中最年轻的一位副局长，谦虚谨慎和文质彬彬的形象在全县是有口皆碑的。他从小受过良好的家庭教育，在领导身边当秘书期间又受过良好的熏陶。自从二十七岁以来，先后在所长和副局长的岗位上一直从事和分管交通运输管理工作。此前，王正良对他虽然不十分了解，但是有一件事使他至今难以忘怀。那是去年元月，小钱带着一名中层干部私下到神龙山拜访王正良，说王正良是人们议论猜测的到县交通局担任局长的三个人之一，他说他很看好王正良，故专程驱车二百多公里前来看望。虽然王正良对这种议论还是一头雾水，但是听到这个小道消息之后心里还是很受鼓舞的。眼下钱文森坐在他的对面，他们几乎没有谈及工作，共同追忆着他们搁置不久的记忆，仿佛是一杯山泉水滋润着他们的心田。

"算了吧，你先去忙你的工作，有什么问题和困难你先替我扛着，待我同其他几位班子成员分别见见面了，我再专门听一次你分管的工作情况汇报。"王正良示意他先离开，然后叫办公室主任喊常务副局长郝玉芳。

他还未把话说完，哪知道从办公楼两头便传来一股穿透耳膜的"破竹竿子"腔：

"哈哈哈哈，我就晓得这会儿王局长会找我的。你们根本不知道，老子那时候跟老爹老娘从城里下放到农村的时候，他住的窝是我们隔壁村，读初中和高中的时候，老子又跟他坐一班，我是班长，他是学习委员。那时候打篮球，是个小个子，半天抢不到一个球，也不晓得他在我面前眼巴巴地求过我多少次把篮球传给他！"

年龄比王正良大两岁的郝玉芳边走边说，不知不觉地走到王正良办公室的门口。"哎哟，对不起王局长，刚才是说着玩的。"他用敬礼的姿势赶紧对王正良解释。

"没事没事，快来坐一下，十几年没见，没来往了，你和家里都好吧？"

"还好还好，老爹走了，老妈今年九十好几了，身体杠杠的，一顿能吃好几碗饭，有时候比我们兄弟几个的饭量还大些。"

"这是你的福啊！我三岁没了爹，十九岁那年又没了妈。

现在是没妈的想妈，有妈的一定要珍惜妈呀！"王正良语重心长地说。

"看样子，我估计我老娘起码还要活到十年以上。哈哈哈哈！"郝玉芳又是一阵大笑，王正良感到好像整个楼房都在晃动一样。

"老同学，你给我听着，我到这里工作了，你今后可要抬好桩啊，否则，我会发动同学们开你的批斗会的。"

"那是肯定的。我不给你抬桩，给谁抬桩？同窗如同床，同属爹和娘，今后哪个给你添乱使坏，老子是绝对不得饶他们！"

"好好好，今天单独和你见个面没有别的意思，我只说工作上的一句话：立足本职向前冲，把你分管的事情抓紧抓好抓到位，现在你手头上的省道改建任务要在注意安全的前提下，一步一个脚印地往前推进，确保五一之前完成征地拆迁任务。"

"这是肯定的哟，你放心，我走的。"然后又扭头对王正良说，"我晓得，你下一个要找'李闹星'问话，哈哈哈哈……"郝玉芳又一个哈哈哈打过山，半开玩笑半正经地离开了王正良办公室。

郝玉芳说的"李闹星"，是指那个年龄和王正良差不多的叫李满堂的副局长，他平时幽默风趣，总能在尴尬、平淡、紧张甚至悲凉的气氛中开出别人意想不到而且让人捧腹大笑的玩笑来，也是交通局这个班子中皮肤最白、条子最正、五官摆布和面部风水最好的成员之一。多年以前，发生在他身上的一串串故事在交通系统不仅家喻户晓，而且至今仍传为"美谈"。他常年把他的女儿称为"大姐"，每次在家吃饭的时候，他必然要跟礼仪小姐一样，毕恭毕敬地对女儿做一个"请"的姿势。逢年过节他跟他的岳父猜拳行令喝酒时，大声吆喝"哥俩好"。大年初一，他给他母亲奉菜，几乎全部是蚕豆、花生，说这些菜是延年益寿的上等好菜。他常常以酒取乐，把有点酒量的妻子经常灌得鸡子认不得鸭子。对于他这个乐观主义者，王正良认识他已是二十多年前的事了。早在80年代初期，县里各个单位都在重视新闻报道的那几年，王正良就与他这个养路工人陌路相逢，一起参加过写作培训班。后来由于工作变动和时间的流逝，他们各自奔波在不同的岗位上，一分手就是二十好几年。

有人敲门，王正良大声招呼请进。

"局长您好，我是李满堂，我非常荣幸地告诉您一个天大的好消息！"李满堂开门一本正经地站在王正良办公室的门口说。

"你，什么好消息？"王正良不解地问。

"您终于来我们这里当局长了！"

正在洗耳恭听的王正良万万没有想到李满堂开了这样一个玩笑。

王正良起身走到李满堂面前，兀地轻轻一拳："你个水货，还有没有一点正经话呀！"

李满堂嘿嘿直笑，王正良手机铃声响起，示意李满堂坐下。

"好的，好的，我马上过来，最多五分钟到。"王正良不敢马虎县委艾书记的来电，把艾书记召见他的电话内容简单地告诉了李满堂，拉着李满堂离开了办公室。

四

王正良兴致勃勃地来到县委书记艾保山同志的办公室。

这个地方堪称通天县的政治心脏和命运按钮，王正良不知道有多少人的政治生命在这里开启、关闭或停留，也不知道艾书记今天召见他的真实意图和真正用意究竟是什么。他老实地在这里等着，对艾书记今天可能提及的话题做了一些盘算和准备。

大约一小时之后，秘书大声喊着王正良的名字。

王正良不敢懈怠，快步走上前去，跟在艾保山同志的秘书后面，小心翼翼地踏进艾保山的办公室。

"艾书记您好！"

"你坐，中午休息还好吗？"

"还好，谢谢书记关心！"

"女儿还好吗？"

"还好！"

"爱人小王还好吗？"

"还好！还好！"

"我一看就知道都还好，不然你的气色不会有这么好！"

王正良无从回答，傻傻地笑了一声。

"听说你今天在找班子成员谈话呀？"艾保山那张刚才还

是笑容满面的脸，顿时严肃了起来。

"是的，找他们简单了解一下各自分管的情况。"

"谈完了没有？"

"刚谈了三个班子成员，就接到您的电话了。"

"那你现在就回去找他们继续谈，争取用两三天的时间找他们谈完！"

艾保山越说越严肃，王正良也感觉到了艾保山话中有话，赶紧补话：

"艾书记，现在我听您的指示！"

"指示个屁！"艾保山桌子一拍，大声呵道，"你昨天在干什么？昨天就宣布你到任了，你不去报到，沉浸在幸福的喜悦当中，心安理得地与家人共庆丰收的果实，是不是？今天又按部就班地开个什么见面会，谈知心话。我问你，你还想不想当这个局长了？我看你这样子，通天的交通想打翻身仗，我的信心何在？希望何在？我的底气何在？"

艾保山的一顿训斥，首先给王正良来了一个"下马威"，弄得站在那里的王正良像小学生一样，呆若木鸡，哑口无言，一时不知道如何回答是好。

一直在听着艾保山训话的秘书小陈见势不妙，敲门进来，对艾书记善意地撒起谎来："艾书记，有个电话找王局长，好像是地委交通局的。"

说完便拉着王正良走出办公室，对王正良解释道，"王局长，你千万别有想法，艾书记就是这样的脾气，过一会儿就好了。稍后你进去了，老老实实地听他的指示，估计他要叫你搞一个大事。"然后示意王正良转身进去。

"艾书记，我检讨，您批评得对。"

"算了，算了，别的不说了，现在给你说另外一个事儿。"

"书记您指示。"

"这个，现在全省都在搞工业园区建设，省委王书记在全省经济工作会议上做了重要部署。昨天地委又派来督查组，专门督办我们落实全省会议精神特别是工业园区布局情况。昨天晚上，我和县里几位领导同志商量了一下，想结合我们县里盛产大米的实际，像天禾县搞'长寿米业园区'一样，搞一个梨子岭米业工业园区，这个园区的选址就选在九龙山镇的地盘上。我想，叫建设局今晚通宵达旦地把道路施工草图拿出来，你明天就带领交通局的机械人马开始大干快上，争取用一个月时间，把梨子岭米业园区景观大道建成通车，为迎接全省园区建设观摩大检查端出一盘上等菜。现在你表个态，看怎么样？"

"艾书记，这条路肯定该修，但是……"

"但是什么？不想搞是吗？"

"艾书记，我不是这个意思。"

"不是这个意思，你说是什么意思？"

"艾书记，我的意思是这几方面。一是我们还不知道这条路的工程量究竟有多少，派多少机械，派多少人，我心里没有一点儿数；二是需要多少钱，钱从哪里来，还得您和分管的县领导说句明白话；三是不管是建设局还是别的设计单位设计的图纸，首先应该进行一次专家评审，评审通过了才能搞，根据专家评审意见，还得进行修改。同时，在这个基础上，这个工程建设项目还要进行公开招投标，而公开招投标的法定时间大约是四十天，以上这些关键性的问题解决了，才可以开展建设。

还有，这个项目内有没有拆迁任务，如果涉及拆迁，那么又涉及资金补偿问题，开工时间还得顺延。"

话音刚落，县委书记艾保山又是拍案而起。

"照你这些意思，这条路是不是修不成了？今天我实话告诉你，这条路你修也得修，不修也得修，我不管这问题、那程序，明天你必须亲自带着机械和人马，到现场去，非开工不可！"

王正良低着头坐在艾保山的对面，沉默不语，不知道怎么回答和解释。

"坐在这里干什么？还不赶快回去准备！"艾书记先是勒令，然后又接着鼓励，"正良啊，我相信你是有这个能力的，这条路你不仅肯定修得好，而且肯定修得快。你说说，神龙山那么大的困难你都克服了，这点区区小事算得了什么？我说不如神龙山那些困难的九牛一毛。我知道，叫你来当局长，对你是有些委屈，但是机会还多嘛！我今天不是在你面前封官许愿，今年县里会有两个新的副处级领导职位，按照你目前的资历和水平，这其中绝对有一个是属于你的。"

"艾书记，我没有这个奢求。"

因为王正良清楚地知道，通天县的"四大家"换届工作已于今年元月拉下了帷幕，"四大家"的全体班子成员按照法定的职数配备，也已全部到岗到位。因此，王正良想到这里，说没有这方面的奢求，显然是完全符合情理的。

"什么奢求不奢求，先回去干吧，我明天下午六点以前去那里看你们轰轰烈烈的战斗场面！"艾保山拉着王正良的手，说着说着，把哭笑不得的王正良送出了自己的办公室。

站在艾保山办公室外面已等候多时的化建局局长王顺业见

双眉紧锁、满脸忧虑的王正良走了出来，不由得大喜，一把揽着王正良的脖子，调侃耳语道：

"受了表扬还装得这么镇静，嘿嘿嘿嘿嘿嘿……"接着又皮笑肉不笑地竖起大拇指，"受宠不惊，境界境界呀！"

王正良极不高兴地掀开他的胳膊，狠狠地瞪了他一眼。然后边走边拿出手机，拨通了交通局办公室的电话，通知各位副局长参加今晚的局长紧急办公会。

晚上的会议如期召开，现在已经夜深人静，那栋古老的交通局办公楼会议室里仍然亮着灯光，这是王正良和党委书记陈崇政同志商量后，由王正良亲自主持召开的这次会议。

王正良在会上首先向他们传达了县委书记艾保山同志给交通局临时下达的梨子岭米业园区景观大道建设任务。话还没说完，副局长郝玉芳就蹦了起来。

"好家伙！说得比唱得还好听。巧妇难为无米之炊，一不给钱，二不给图纸，三不评审，四不搞招投标，一个月把路修好，简直是天方夜谭。完全是老鼠子掉到面缸里，只有一张白嘴，这号摁着水牛脑壳喝水的事，反正老子是坚决反对的！"

副局长郝玉芳像个炮筒子，珠连炮似的首先发了一大通牢骚。

王正良见势不妙，连忙接过话茬，敲着桌子："你说得不是没有道理，但是县委、县政府是我们工作上的爹娘，爹娘说的话，我们不能不去听啊！"王正良稍停顿了一下，又说，"这件事就好比我们自己的爹娘眼见别的邻居都盖起了楼房，而我们自己还是住在土坯房、土打垒里，要我们这些当儿女的来改变这种面貌一样，我们能说'你们当父母的不给钱，我们用什么来盖'这样的话吗？同志们哪，办法是人想出来的，过去说

'谋事在人，成事在天'，我看现在应该颠覆这个旧的观点，那就是：'谋事在人，成事也在人。'我现在虽然初来乍到，是交通工作的门外汉，对省交通厅、地委交通局的关系也是一片空白，但是，请大家相信我，我肯定会在较短的时间内把这两层关系通融好的，尽最大努力取得上级业务部门的政策支持。如果没有这种效果，由我承担全部责任，算是我私人欠下的这笔修路款。大家说怎么样？"

王正良的目光扫过在座每一位副局长，期盼他们做出果断而直接的表态发言。

钱文森没有吭声，他一直笑容可掬地看着王正良。

王正良点名："李满堂局长你说说。"

"神州行，我看行。"

在这么严肃的场面，王正良压根儿没想到副局长李满堂把中国移动用得最火热、最频繁的这句广告语冷不丁地说了出来。

"你还有没有一句正经话呀？"王正良把笔记本轻轻拍了一下，责怪地说。

"我这不仅是正经话，而且是心里话。县委书记是通天最大的官，最大的官发话了，我们不听他的听谁的呀！我的意思是'马现立'！"

"你又在搞什么鬼名堂？你开会不好好发言，把哪里的一个叫'马先丽'女的名字说出来干什么？！"王正良有些气愤地问。李满堂连忙解释："我说的'马现立'就是：马上搞，现在搞，立即搞！"

李满堂话音一落，引起了哄堂大笑。李满堂见王正良脸色不太好看，又补了一句："我说的是真话，如果我们不搞，不仅王局长没有好果子吃，估计我们在座的也不会有好果子吃。交通局是修路的局，如果交通局不修路了，难道叫人家轻工局、统战部去修路哇？"

李满堂说到这里，没有再说下去了，王正良似乎从他这几句话中看出了李满堂很少表现的正经，感觉他在原则问题上和关键的时候还是讲政治、顾大局的。

"老子刚才说的是气话，大家知道我的脾气，我想不通的是，你看人家王局长才上任，四个屋角还没有焐热手，县里就下了这么一大砣任务，叫谁也受不了、吃不住啊！说归说，做归做，'李闹星'李满堂刚才说得有道理，王局长说得也恰如其分，爹娘说的事，我们应该坚决去搞，不打折扣。搞的过程中遇到的困难和问题，我们再以书面形式给县里汇报，我相信，县委艾书记虽然是个急性子，但是绝对还是通情达理、不会大屁股坐人的。"郝玉芳然后又通情达理地表了态。

王正良始终保持着谦逊、谨慎的态度，问一直在专注地听着他讲、望着他笑的钱文森有什么意见，钱文森非常礼貌地说郝局长、李局长他们说得很好，没有新的意见。

王正良示意金副局长谈谈自己的看法，金副局长说现在他的肚子疼得很，本来今天准备请假、不参加会议的，但考虑到这是王正良到任后召开的第一次局长紧急办公会，最后掂量再三，还是来了。现在肚子痛得更厉害，已经无心无力发言了。

王正良觉得，金副局长肚子疼可能是真的，但不至于疼到不能发言的地步，里面的水分可能隐藏着金副局长内心的压抑和对某种现象的不满，也可能暗含着金副局长自身能力的局限和在重大问题决策中的胆怯。此时，王正良放弃了金副局长对这个问题发言有利于决断的希望,让发言程序继续往下进行。

坐在王正良正对面的郑副局长是从燃化局交流过来的干部,昨天听人介绍,说他平时语言不多,为人厚道,虽然创新能力和冲锋陷阵能力比较一般,但是指一铳、打一铳却打得十分到位,已是县委常委的前任局长曾经告诉王正良,郑副局长是一个本事不大但靠得住的同志,在他担任局长时期,许多有板有眼的事情都交由郑副局长去做,最终的结果是既不跑偏,也不走样,办起事来使你一百个放心加安心。

郑副局长一直在不停地抽着香烟,那双由于小儿麻痹症后遗症导致抖动了几十年的手,在即将临到他发言和面对陌生的新任局长的情况下,又进一步加速了它的抖动。郑副局长自我解释说:"我这个人不会说话,一说话,心跳就加快,抖动更厉害。"

说到这里,殊不知李满堂见缝插针,又出其不意地蹦出一句让大家捧腹大笑的话:

"哎呀,我们郑局长像是诗人出身,说自己不会说话,结果说出来非常押韵,'心跳就加快,抖动更厉害',大家听听,押韵得很!郑局长太搞笑了。哈哈哈哈……"

"你李满堂像话不像话,能不能严肃一点?!"王正良若不是初来乍到,肯定是要严肃地批评他的。

"对不起,对不起,我检讨,我检讨!"

李满堂把话说完,自己又忍不住地笑了起来。

王正良跺脚,李满堂像猫一样蜷着身子乖乖地在那里听着。

"我看这样,明天上午不管建设局的图纸出来没出来,请李满堂局长带领工程科科长、财务科科长,再抽调六名测量人员、两名工程技术人员先期到达那里，与当地政府取得联系，租房子、扎架子，安营扎寨，同时由交通路桥公司经理调集五台铲车、三台挖机、十辆运输车到现场待命，并在现场两侧布置相应的彩旗，尽快营造大干快上的施工局面。明天下午五点我在现场等候县委艾书记，局里日常工作由陈书记全权负责。"王正良象征性地征求了大家的意见，陈崇政同志带头表示赞同，王正良的决定就这样在掌声中获得了顺利通过。

五

　　这一个多月，王正良的上班时间除了偶尔到县里参加中心工作会议之外，几乎是没日没夜地和身躺在梨子岭米业园区景观大道的建设工地上。

　　早在二十天前，王正良和他的弟兄们终于完成了道路红线内的十七户房屋的拆迁补偿和划地安置，开始了这条长1.25公里、宽15米的双向四车道景观大道的路基开挖和整形建设。今天上午，工程正式转入水泥稳定层的施工阶段。这样一来，如果天老爷凑光和照应，再有半个月的施工和养护时间，便可进行最后一道工序沥青路面建设。早上起来的时候，王正良特意到工地食堂做了安排，要工地食堂的大师傅到街上买一个猪头和几条鲢子鱼，让工地上日夜突击的全体员工在一起好好地吃上一顿。到了中午时分，王正良和三十多名工程技术及施工人员围在三张桌子上开始了这顿特殊的"战地午餐"。一时间，他们忘却了连日来的辛劳，带着与王正良同甘共苦的喜悦和即将完成这个历史使命的希望，开怀畅饮起来。他们有的划拳行令，用千变万化的手势，声情并茂地赞美着他们来之不易的劳动果实；有的拿着对方的老婆和小姨子开玩笑，挑起对方的喝酒热情，直捣对方的酒量软肋。不一会儿的工夫，不是张三叉腿走路，踉跄而行，就是李四舌头僵硬，两眼发直。一副副神采各异的醉翁形象，在控制不住的行为中，把整个屋子搞得一片狼藉。王正良知道他们已经很累很累，现在应该放松和解脱；王正良也知道他们内心压抑很久很久，现在需要放纵和释放。只要他自己不醉，同志们累了醉了，无疑是一件让他再高兴和舒心不过的事。面对这样的场景，王正良心里有一种无以言表的快乐和滋味，他认为这既是下属们给予他的特殊礼遇，也是艾书记为他提供的与民同乐的特殊享受。人的一生，可能醉酒多次，但是真正醉得有崇高和纪念意义并让人终生难忘的则是屈指可数的那么几次。因此，从这个角度来看，这酒，喝的是信任、是认可；醉的是友谊、是感情，更是难以寻觅和少见的向心力和亲和力。

　　王正良看到今天这个场面，在感到今后还有很多无法预料的艰难险阻需要他和同志们去克服、去战胜的同时，似乎看到了曲折道路上的光明前景和灿烂希望。

　　手机铃声的响起，打断了王正良的沸腾思绪，他打开一看，赶紧示意同志们安静下来。

　　"你在哪里？我是W县长！"王正良一听，便知道是闽南出身的W县长打来的电话。

　　"W县长您好，我在梨子岭米业园区景观大道施工现场，正和同志们一起吃中午饭。"

　　"什么梨子岭景观大道，我怎么不知道？"

　　"W县长，就是九龙镇的那个叫梨子岭的地方。县委艾书记指示我们上马已经有一个多月了。"

　　"我怎么不知道这个项目？你们完全是在胡搞！"

"W县长，我接您过来检查我们的工作，我把项目情况向您进行详细汇报，好吗？"王正良无法也不能按照W县长的问话继续解释下去，只好顺水推舟地请他到现场看看。

"我马上过来，你等着！"W县长不客气地挂断电话，给王正良丢了一句探不到深浅的狂话。

W县长自己驾车只身来到这里，只用了十分钟不到的时间。只见他下车的时候，神情非常严肃，脸色甚是难看，那居高临下和盛气凌人的架势，让那些还没有从闹酒的气氛和兴致中摆脱出来的员工们一下子感觉到天快要塌下来了，他们一个个像木偶一样，手里拿着筷子、端着酒杯，僵硬地站在那里，顿时好像停止了思维和呼吸。

W县长进来没有说话，那道直杠杠的目光，来回地扫视着满屋子的一切。

"这就是你们要我看的你们的施工现场吗？我看简直就是胡闹！"W县长的闽南话虽然十分苦涩难懂，但是王正良和同志们还是大体听懂了W县长这番话的意思和分量。

"W县长，同志们辛苦一个多月了，昼夜加班加点，从来没有休息过，今天，工程告一段落了，是我安排食堂给同志们加餐的。"王正良为了不连累同志们，直言不讳地把实情告诉了W县长。

"你们胡搞，拿着国家的钱不好好搞工程，在这里大吃大喝，知道是什么性质吗？"

"W县长，修路的钱，县里还没有给一分钱，银行不贷款，全是我和同志们通过亲朋好友借来的，这段时间同志们确实累到了，今天没敢买正统猪肉，只买了一个猪头和几条大头鲢子鱼，喝的是农民酿造的两块钱一斤的散装苞谷酒。"

"啥肉都是肉，啥酒都是酒，你还犟，犟个锤子犟！"W县长恶狠狠地指着王正良说了一句地道的带耙子的闽南话。

"W县长，这可是我们自己借的钱啊，他们虽然是劳动力，但也是人啊！"王正良没有据理力争，而是用婉转的语言，表示着自己的不满。

"今天不跟你说这些了。"W县长欲走，但又转身止步，"那既然县里没有拨钱，艾书记叫你们修这条路，你们就修这条路，我也不准备给你们拨钱，你们也应该无条件地去修另外一条路。我现在给你们正式下达任务，从明天开始行动，你们去梁子岭工业园区把那条路修到位！"W县长把话一甩，钻进车子便扬长而去。

王正良对于刚才发生的这一幕，怎么也不相信这是真的。此前，他只知道W县长与艾书记之间的关系比较微妙，其实在通天县知根知底的干部看来，他们之间的不愉快并非完全是在工作中引起的，它的积累和形成，与艾书记迟迟不离开通天县，而W县长长期徘徊在县长的岗位上不能进步有着密不可分的关系。一个在心里恨对方赖着不走，一个在心里说对方急于抢班夺权。他平时都把这些憋在心里，从不对外人有丝毫的埋怨和表达，但一旦到了决定重大问题或者对关键事项做出重要决策的时候，与此有关的同志们便会感受到这种紧张的气氛让他们无法喘过气来。王正良今天的境遇就是书记、县长暗自较量的结果，一惹三蹦的W县长在沉不住气的情况下，必然要找到王正良这个最合适不过的对象出气。

三年前，在青江县任了五年县长的W县长，跨越地县地委，调到了通天县，当时，按照约定俗成的规律和人们的普遍预测，年岁较大且资历很深的艾书记在去年的地委换届中肯定会官升一级，进入地委常委或副地委长的行列，W县长转身接任书记一职绝对是乐观其成的事情。

问题的蹊跷性出就出在省委下发的一个紧急通知上，这个通知规定，根据县级党委主职领导干部年龄要形成梯级结构的要求，艾保山和其他三个县级县的党委一把手列入地委常委考察人选，待考察合格后继续兼任原有职务。省委的这一规定，一下子切断了W县长就地接任艾保山职务的后路，下一步，他W县长能不能升任县委书记这个职务，完全是个无法解答的问号和秘密。据说，本来就是个"三脚猫"和"直巴头"的W县长，近段时间的消极情绪经常在工作上表现出来。挨他批、受他训的远远不止王正良一人。久而久之，这些不幸的人们已由不习惯到习惯，对他的粗狂和野性，要么充耳不闻，视而不见，当作耳旁风一般让其吹一吹了；要么把他当作一场表演，静静地进行观看和欣赏。

说归说，做归做，问题归问题，情绪归情绪，W县长毕竟是通天县的县长，在这里当一天的县长，你就必须无条件接受他一天的领导，这既是原则，也是本分，对于这一点，通天县的干部还是非常明智和老实的，很多人没有例外，王正良当然也不会例外。

经与W县长的秘书反复联系，王正良一直到第三天的下午才获准到W县长办公室当面请示工作。W县长与王正良谈话的大致意思是，艾书记是县委书记，他的职责应当行使在思想政治工作和干部的培养使用上，经济工作包括农业、工业、招商引资等在内的方方面面，通通都是政府县长的事。现在艾书记既然涉足了这方面的事情，也不能说完全是混账的甚至错误的，因为书记在帮助县长抓工作，没有功劳也有苦劳，不是好心但也不是什么坏心。他要求王正良把艾书记安排的梨子岭米业园区景观大道建设任务当作县长安排的富民工程、形象工程和示范工程来不折不扣地抓好落实，确保按时建成通车。王正良在这个过程中，无心和他争辩这是谁谁谁的工程，只觉得自己作为交通局局长，除了听话就是做事，除了做事就是听话，什么猪爹爹、狗奶奶的事，他王正良没有一丁点的兴趣。为了打发时光，王正良不断地上着烟、抽着烟，半小时过去，他们二人把县长办公室熏得烟雾缭绕。

"W县长，您前天中午说是要给我们下达一个任务的，我想现在向您请示一下，便于我领会好您的指示精神后，回去尽快抓好落实。"

"你今天不提及这事便罢，一提起这事，我就有些怒火中烧！"W县长的那副蔑称腔，配上那双翻得残酷无情的眼睛，所表现出来的神情，让坐在那里无精打采的王正良兀地紧张和畏惧起来。"W县长，您下指示，我们落实。"

W县长把手中的烟蒂狠狠地一掐："现在艾书记叫你们修一条什么景观大道，我想叫你们到梁子岭也修一条景观大道，前几天图纸已经出来了，1.5公里，来回四个车道，设计人员说得五百多万。我想，你们在克服困难这方面是很有两下子的，正良你的主意多，路子广，人脉关系活，多替县政府分忧分忧，我相信钱的办法你是想得出来的。"

"W县长，那条路上的钱都是我们以私人名义借来的，现在还没有找到解决问题的办法。如果这条需要五百多万才能修成的路，再不先给一部分钱的话，真的无法动工啊！"

"怎么了，你瞧不起我这个县长是不是？"

"不是不是，真的不是！"

"既然不是，那你就赶快去修。既然书记不给你钱你就能修，那么县长不给你钱你当然也能修。现在修与不修，你自己看着办，到时候别说你的日子不好过！"

W县长这句话的意思是在告诫王正良，他早晚是要当书记的，王正良明白了这个意思，也很想把县长交办的任务落实好，但是有钱就是男子汉，无钱便是汉子难，如果W县长真的把这五百多万元的资金包袱全部推给了王正良，王正良就算是有三头六臂，也会被压得喘不过气来。

"W县长，您太高估我的能力了，我真的没有办法。"王正良眼巴巴地看着W县长，"现在国家和省里的补助政策很明确地摆在这里，纳入全省交通建设计划笼子的县（乡）道建设，每公里补助只有三十万至六十万元，艾书记和您安排的这两条路都不在全省交通建设计划之列，属于计划外的建设项目，上级是不会给一分钱的。就算我们撒谎套取回来了，也跟实际建设投资错了天远地隔，最后剩下的大头子资金还得依靠您和艾书记解决。"

"我根本不管这个事，艾书记叫你修的路，你可以借钱，我叫你修的路，你也应该借钱。到时候，如果艾书记给那条路解决钱，我就给这条路解决钱。如果你能给艾书记分忧解难，那么你也应该替我分忧解难。这个搞法你知道叫什么吗？叫作秃子跟着月亮走——各沾各的光。哈哈，正良，就这样说吧，你莫到这里老是发怔,不然你挨了鞭子还是要过河的!"W县长又说起了他老家的俗语,让王正良不禁想起这等素质的人是怎样当上这么大的官的。

  王正良隐藏着内心的愤慨与不满,垂头丧气地离开了W县长的办公室。因为现在仅仅是开始,作为一位交通局局长,他不知道在这条遥远而曲折的路上,今后该怎么走,还要走多长的时间,同时,他也作为一个在夹缝中生存的人,不知道艾书记与W县长还会怎么斗,还要斗多长的时间……

六

约王正良一起去神龙山看望抗美援朝回来的那位姓韩的老党员，是县政协的马副主席前两天就定好了的。马副主席一直看好王正良，为王正良的成长花费过很多心血。他是王正良在神龙山工作的前三任书记，那时的神龙山像一团乱麻，是通天县出了名的书记、镇长搞内耗的战斗"堡垒"，马副主席之前的两任书记、镇长在神龙山演绎了一系列"东风吹，战鼓擂，我看今天谁怕谁"的鸡飞狗上屋的故事。时任县委办公室副主任兼信访办公室主任的马副主席就是在"状子满天飞，各站各的队，镇长告书记，书记喊捉贼"的两个阵线和一种敌我矛盾的特殊背景下，带着县委交给的"整风"精神和拨乱反正的任务来到让人惶惶不可终日的神龙山担任镇委书记的。三年过去，他把这个大镇治理得井井有条，使这里的干部群众重新回到了安定团结、人心思变和发展山区农村经济的正确轨道。因此在这段时间里，这片热土上留下了他的很多身影和足迹，使他与这里的干部群众建立了深厚的兄弟般的情谊。时至九年之后，他想利用看望这位参加过抗美援朝的贫困老党员的机会，顺便回到这里走一走，看一看，肯定会思绪万千、浮想联翩的。王正良毫不犹豫，当然是爽快地应约。他一吃罢早饭，就早早地来到马副主席的住处，坐在那辆刚提回来不久的崭新的红旗"世纪星"轿车上，静静地等待着马副主席与他同行。

这天是6月24日，早已进入夏季的通天县，气温已达36℃，烟瘾较大的王正良在吹着冷气的车上，一根也没有抽。他们一路上一直讨论的话题，就是现在的神龙山怎样发展，今后的神龙山向何处去。他们时而高兴，时而忧虑，时而欣慰，时而叹气和哀愁，总觉得地处高山之巅的神龙山，在改革开放的春风吹拂下，虽然面临着很多发展的机遇，但是在抢抓这些机遇的过程中，由于信息、交通的闭塞和能源、人才的匮乏，每迈开一步，往往要付出比别人多几倍、十几倍甚至几十倍的代价，使同样的政策运用和同样的发展理念，在不同的平台和空间上，不能取得与人家山外人同样的效果。面对这种山里人面临的最大现实和根本无法摆脱的坎坷命运，神龙山人即便是把吃奶的劲使出来，恐怕在几年、十几年内也无法离开政策的倾斜照顾和外界的特殊援助。一说到这里，马副主席就反复提醒着王正良。他说，他当过计委主任，深知中央和上级对农村特别是山区的发展政策既是讲原则的，也是灵活的，因此从这个角度而言，在山区饮水和道路交通等方面的政策是完全可以通过人的作用多争取、早争取和快争取换回来的。他还说，在现行体制下，在人心都是肉长的情况下，往往是"会哭的娃子有奶吃"。同样的一锅饭，会吃的，能够吃一碗甚至几碗，不会吃的，一碗甚至半碗也吃不到。因此这叫作会吃的抢着吃，不会吃的等着吃。抢着吃的和等着吃的，结果是绝对不一样的。因此道理很简单，就是撑坏会抢的，饿死干等的，会抢的有钱用，干等的干瞪眼。他说他任计委主任的时候之所以能够把上级下达给地委里三分之二以上的以工代赈项目争取到通天县里来,就是通过寻找"抢"的由头,采取"抢"的办法,抓住"抢"的机遇搞来的。事到如今,"抢着吃"的理念虽然存在礼尚往来的风险,但是为了通天县的发展,这不仅仍不落后,而且有值得进一步拓展和创新的空间。

马副主席的这些话,让王正良茅塞顿开。他在想,在他主政的交通领域,今后应该在"多喊多叫,多编多报,多跑多要"方面狠下功夫,否则,想打一个通天交通事业的翻身仗是没有任何把握的。

到了神龙山,现任的书记、镇长和已经退下来的吴副书记欣喜万分,在镇里吃过午饭并把那位抗美援朝老党员的慰问金交给他们之后,他们找了很多返回县区的理由,不料被书记、镇长一一拒绝,他们千留万留不让马副主席和王正良走,说是特意把晚上的生活安排在吴副书记家里。马副主席和王正良知道,吴副书记的爱人做有一手地道的神龙山农家饭,书记、镇长掰着指头算了算,马副主席有九年时间、王正良有一年多的时间没有在老吴家里品尝这样的山乡风味了,今晚在这里共聚晚餐,是铁板上钉钉子的事,于公于私,都不能动摇和改变今天晚上这高山之上的浪漫晚餐。于是乎,马副主席和王正良恭敬不如从命,只好安心地留了下来,领受他们的深情厚谊。

月光与星光交汇在闪烁的夜空,神龙山格外亮堂和凉爽。在这个天然氧吧里,他们呼吸的每一口空气几乎都是山外所没有的清新和甜润。王正良在这里工作的六个年头里,好像只遇到了一个夏季里的两个晚上没有盖过被子。高山与喧闹的远离和绿色与工业革命的隔绝,使神龙山这块神秘的土地成了西南

无悔的真诚

五省富氧量最高的避暑胜地和有机蔬菜的唯一产地。这些年来，随着人们生活水平的提高和品质的改善，这里的旅游业也得到了蓬勃发展。吴副书记的这栋明三暗五的具有徽派建筑风格的干打垒民房里灯火辉煌，欢声笑语溢满了那间桌子上摆着七大碟、八大碗的堂屋。附近闻讯赶来的三三两两的干部群众时不时打断他们的晚餐。他们有的敬酒不分青红皂白，有的打招呼自由放荡，高声大嗓。一时间，虽然弄得马副主席和王正良无所适从，左右不能，但是极度热闹和真情表白的场面，又让马副主席和王正良感动得只差潸然泪下了。席间，不请自来的同志们说了很多话，但不管是粗话还是细话，都是他们发自肺腑的心里话，千层意思，万层意思，他们归根到底只有一层意思。他们说改革开放二十多年来，而且可以大胆地说解放以来，这里先后有过十几任的镇委书记，而现在最让他们留念的却只有三任，首先是引导他们分田到户、让他们摆脱昼夜劳动枷锁的刘成年；其次是为这里带来清爽风气的马副主席；再就是把县城理念和外界信息带到神龙山，教会他们实施产业革命，致力发展烟叶、桑蚕和旅游经济，走村串户接地气，引导致富奔小康的王正良。他们说他们打内心里舍不得他们三个，经常梦到他们不是在一起谈笑风生，就是在受他们三个人的批评。梦中的每一句话，每一顿饭，每一个故事，都是在神龙山说的、吃的和发生的。对于这种高山上的真情流露，马副主席和王正良从不怀疑他们是在逢场作戏和洗心卖白，感到一个领导干部的口碑和与干部群众的感情到了这种真切和诚挚的田地，也算是一件值得欣慰和愉快的事了。

政声人去后，民间闲聊时。他们离开这里虽然时间长短不一，但是人们至今仍清晰地把他们记在心里，也不能不说是他们良心的释放和德行的堆积。此时此刻，马副主席有些按捺不住，不禁对着王正良端起酒杯，大声说道："大家都听着，我现在有话要对王局长说！"

席间顿时鸦雀无声。

"王局长你说说，神龙山从天池乡和凤岭镇通往县区的这两条泥巴路啥时候能够修成水泥路或沥青路，你说个具体时间，我当众把这四两苞谷酒一口干掉！"马副主席坚定不移地说。

"'十一五'期间，这两条属于县道的公路绝对要修，我们编制的规划已经报上去了，看省交通厅批复的时候能具体搞到这五年中的哪一年。一旦具体搞到哪一年了，我们就在哪一年修好。"王正良非常直白地说。

"你这样不行，你不是在你们局里的班子会上说过，'用明年的钱办今年的事，用别人的钱办自己的事，用社会的钱办交通的事，用国家的钱办通天的事'，怎么现在说起这些路了，你又不这样搞了？"马副主席直接激将王正良，王正良确实在报到那天的机关全体干部见面会上说过这个观点和思路。

"哈哈，老书记真是关心部下、嗅觉敏感到极点了啊，这席话你是怎么知道的？"

"你别管我嗅觉怎么样，我现在很想干掉这杯酒，你只说你们怎么搞？"

"搞搞搞，坚决搞，再过两个月就搞。不过，需要我们神龙山的书记、镇长和老乡们负责营造好施工环境，争取在今年12月份霜冻到来之前，把天池乡通往县区的这条路先按山区三级路的标准建成通车！"

话音刚落，马副主席咕咚一口，把那杯四两的苞谷酒猛地喝了下去，只见马副主席在吞下这杯酒之后的妈呀声中，两眼冒出了泪花。

　　"我这快六十的年纪了，一口喝下这些酒，简直比要命还狠！"马副主席缓过劲来之后深深地叹了一口长气说。

　　"马主席，您放心，刚才王局长已经说到位了，8月份修路，12月份通车，施工期间我们负责营造好治安环境，保证不出一件扯皮闹绊和阻碍施工的人和事。到时候，再接你们过来，我们使劲替您带酒。"镇委书记方和平认认真真地说。

　　"好了，好了，下一步就是王局长多操心了，我只是一个敲边鼓的，到时候，你们要好好感谢王局长！"

　　马副主席把话说完，见外面电闪雷鸣，生怕山洪暴发，冲毁了回去的路，催着王正良赶紧返回县区。

　　马副主席和王正良是知道这个厉害的。神龙山地处长江源头的北岸，受长江气候的影响，这里天气变化无常，通天县乃至整个自治地委的气象部门也都是无法准确预报这里天气的。神龙山人天天看着山南的电视节目，听着山南的天气预报。在许多人的心目中，这里简直就是通天县托管的另一个天地。特殊的地理和气候条件，把神龙山变得"地无三尺平，天无半月晴"。充沛无常的雨水，经常冲刷着神龙山的每一条乡村道路，使行走本来就很艰难的神龙山人走上了越发艰难的山路，"雨过路上尖尖角，无情椎着你和我，车子轮胎放大炮，一个尖尖一把刀"。山洪之后，干部们只好带领山民开展义务劳动，就地取土，肩挑背扛，在上级没有分文补助的情况下，发扬自力更生的精神，月复一月地维修着这些乡村公路。王正良一想起这些年自己在这里组织干部群众在乡村公路上战斗的场面，他就有一种推不脱、辞不掉的责任感和使命感，他想把今后对神龙山的资金扶持，全部变成实物扶持，使他们在较短的时间内尽快走上通村达户的水泥路，用通达通畅的公路建设成就来回报神龙山的三万多父老乡亲。

马副主席坐在车上一直没有说话，他知道王正良正在想什么，今后要去干什么，两小时之后车子即将行至县郊的时候，马副主席才叫司机打开音响，让王正良轻松一下。

现在开车的这个司机过去一直在交通局担任局长的驾驶员。前任局长升任县委常委之后，将其留在局里从事后勤服务工作。王正良上任伊始，所用车子均由各二级单位轮流派遣。前不久，地委交通局主动给县交通局配了一辆红旗牌"世纪星"轿车供王正良乘用，在王正良已经物色好司机的情况下，这位为前任局长服务过的司机可能是习惯了给局长开车的缘故，通过各种关系，在王正良面前为他说情求情，直到你请我接，搞得王正良吃不消的时候，王正良才忍痛割爱，由他接替了新来的年轻司机。今天到神龙山，司机在路上本来就紧张得说起话来有些口吃，好不容易听到马副主席叫轻松一下，他那种在崎岖颠簸的山路上压抑已久的心理顿时变得有些神采飞扬，他打开节奏感很强的"的士高"音乐，用100迈速度飞驰在县郊那条宽敞的201省道上。他自豪地说，新式的红旗车子采用的全部是减速玻璃，无论是开车还是坐车，在高速行驶下都不会给人带来晕车的感觉。马副主席和王正良不懂这些道理，毫不怀疑地听着这位拥有二十多年驾龄的司机的介绍。

马副主席和王正良以及同车而去的李副局长难免有些酒

意，在"的士高"音乐的伴奏下，他们各自仰靠在坐椅上，闭目养神，隐隐约约地闻到了一股县城的味道和气息。他们觉得快到家了，一天的劳顿和颠簸，即将在他们属于县城的港湾里画上一个新的句号……

突如其来的天灾人祸往往是在不经意间偶然发生的，就在他们不经意的这一刻，司机驾着这辆疾风般行驶的车子，在放松控制的速度中，将一辆从"T"字路上横穿过来的两轮摩托车撞飞到10米之外，然后在紧急刹车过程中，由于处置不当，像香港警匪片的激烈场景一样，车子以迅雷不及掩耳之势，呈"S"形横冲直撞。王正良顿感天塌将至，生命难保，双手紧紧撑住有利位置，挑战着灾难的极限。大约十秒钟之后，车子掀倒了一棵水桶粗的树，转身又撞在一堆建筑石材面前才戛然停住。王正良右眉部鲜血直流。他以为自己的眼球被撞破了，便用手蒙住左眼，检查右眼是否还可以看清物体，这时才发现自己受伤部位在右眉上方，那里裂开了一条与眉毛平行的口子。坐在旁边的马副主席唯恐车身起火，踢开车门，急促地提醒王正良赶快逃离。在这危急关头，王正良执意不肯下车，并提醒马副主席赶紧向县委书记艾保山报告车祸一事。马副主席斥责都什么时候了，先下车要紧，王正良忍住剧烈疼痛，坚持若不对艾书记报告、不给110报警，甚至交警不到现场，他是坚决不会下车的。否则，事后会有人造谣说是他王正良开车出事而请人顶替的。马副主席无奈，被迫按照王正良的意见，先后拨通了艾书记和交警大队的电话，待他醒来的时候，他已躺在了县人民医院的急救室里。

七

　　县委汪副书记的儿子满十二岁的事，是王正良在县委办公室当副主任的那位老弟兄蔡德旺告诉他的。蔡德旺那天出于好心，在为汪副书记的儿子上了生日贺礼之后回来的路上，把汪副书记为儿子办生日宴的地点给王正良说得一清二楚，并一再提醒王正良去了之后就说是自己凭记忆而来的，千万不要把真实情况透露半点给汪副书记了。因为汪副书记来自自治地委机关，长期处于一种养尊处优的环境中，养成了一种傲视万物、唯我独尊的习性，加上他是个说翻脸就翻脸的"苞谷花"脾气，过去曾经把许多个本来气氛很和谐的场合，由于某个同志的一句话不当或者一个字不对他的路，便搞得在场的人个个难堪至极甚而无地自容。

　　自从他担任县委副书记以来，心直口快的王正良，在这个问题上吃了汪副书记不少的亏。一次，自治地委交通局一位分管公路建设计划和资金划拨工作的副局长来通天县检查指导工作，王正良特邀汪副书记前去作陪，结果为一支香烟的事，王正良受到了他劈头盖脸的训斥。真实情况很简单，入席开始，王正良给每位客人上了一支烟，临到给汪副书记上烟的时候，汪副书记不屑一顾地用手把王正良一推，表示出了自己绝不抽烟的意思，王正良只好收回，请汪副书记发话开席，酒过三巡，王正良利用席间聊天的机会，又习惯地给客人们上香烟之时便卯过了汪副书记，哪知汪副书记顿感自己受辱，用筷子敲着桌子质问王正良眼里究竟还有没有他这个副书记，是不是嫌他的官小了，假若他现在是书记、县长，还会不会这样对待他。一时间，弄得王正良登天无路、入地无门。现在，王正良得到了自己老弟兄提供的这个与汪副书记联络个人情感的机会，当然会毫不犹豫地前去祝贺的。在王正良心里，汪副书记作为他的顶头上司，他没有能力和必要去计较过去对他的训斥和指责，所以，王正良并不质疑汪副书记所做的一切是否站得住脚。如果老是对它耿耿于怀，那就是自己的不对，甚至是修养的缺失。于是他拨通了妻子王小红的电话，简单地商量一下如何表示之后，直接叫来司机，直奔汪副书记为其儿子举办生日宴的地方。

途中，王正良思忖再三，为了不因自己的突然出现而使汪副书记不悦，以致自己陷入被动和尴尬的境地，决定提前在电话中向汪副书记表示祝贺，并且说明自己已经出发在前往的路上。

"你哪个？"汪副书记明知是王正良的电话号码，假装不愉快地问道。

"汪书记，我是王正良，听说今天是侄儿子十二岁生日，我现在已经出发了，代表我们全家特来向您和侄儿表示祝贺！"王正良一字一句且非常严谨地说。

"谁叫你来的？简直是闲得无事！"汪副书记丢下这句近似骂人的话，无情地挂断了电话。

王正良顿时一惊，感到自己像奴隶一般，既没有自己的人格，又丧失了自己的尊严。在万般无奈的矛盾心理中，艰难而困惑地开始自己的选择。按照自己的顽强性格和耿直脾气，如果不是为了成全通天的交通事业，他很想叫司机掉转车头回到自己的工作岗位上去，何必受他这个比自己年少十岁之多的人的无端侮辱。当官怎么了？人格是平等的，这个习惯于把下属当作自己奴隶的人不值得自己去尊重和奉迎。

王正良越想越气愤，他想，假如他的妻子和女儿知道了这个情况，她们绝对会站在王正良一边，对汪副书记这种不近人情和不食人间烟火的言谈举止痛骂一场的。

气愤是必然的。可王正良毕竟是一个有理智的人，当他想到今后的通天交通事业离不开这个位高权重的汪副书记支持的时候，又不得不背负着沉重的思想包袱，忍受心灵深处的屈辱和折磨，把苦水吞向肚里，若无其事地继续赶往那里。

司机小王只知道王正良打过这个电话之后，一直保持着一种冷静的沉默，却毫不知晓他的局长的心，此时正犹如被尖刀狠狠刺着一样。

生日宴是在汪副书记的祖父祖母家里举办的，总共里程不到十五公里。虽然车子只跑了十几分钟，但王正良赶到的时候，已经是将近下午一点钟了。王正良本身没有打算在那里吃饭甚至指望受到汪副书记的热情接待而成为座上宾。但是现在既然来了，向汪副书记礼貌地报个到，绝对是应该的。

王正良拿出手机，即刻拨通了汪副书记的电话：

"汪书记您好，我是王正良，我现在已经到了老爷爷、老奶奶的家门口了。"王正良小心翼翼地说。

"你来干什么？叫你莫来莫来，你偏要来，我不管你，随便你现在咋搞！"

汪副书记不容王正良往下说，当即挂断了电话。

王正良没有介意汪副书记刚才的一席狠话，无所谓地再次拨通了他的电话："汪书记，我既然来了，请允许我跟您见个面，表示一下我对侄儿子的贺意，之后我就回去，行吗？"

"我不在你站的那个地方，我现在已经回到自治地委的家里了，你现在咋搞，你自己看着办！"

王正良听出了汪副书记的话外音，灵机一动："那我现在就赶过来，最多不过二十分钟时间。"王正良过去到过汪副书记在自治地委里的那个家，所以胸有成竹地说。

"你若过来，你就过来。"汪副书记停顿了一会儿，"二十分钟后我要到别处见几个同学去的。如果你来晚了，别怪我不见你！"汪副书记没有挂断电话，紧接着又说，"现在已经是下午1点多钟了，我是没有时间请你到馆子里吃饭的。"

"好的，我马上过来，争取提前赶到。"王正良执意而恳切地说。

王正良通罢电话，令司机飞字加跑字地快速向着自治地委方向奔去，生怕折腾来、折腾去，搞得自己费力不讨好不说，又惹得汪副书记恼羞成怒，最后把他王正良折腾得像猪八戒照镜子一样，里外不是人。

王正良坐在跑得比在高速公路上还快的车子里，情绪怎么也调整不过来，他在想，我凭什么要如此去巴结他汪副书记？他虽然是县委副书记，我在职务上不能与他对等，但是我们人格上是平等的，我一不欠他的情，二不欠他的债，三不想通过他往上爬，四是自己能够依靠自己的能力，把工作做好。在他没有把你当回事的时候，何必要把他当回事呢？特别是当自己不把权力当作谋取私利的工具的时候，交通局局长这个职务对自己来说，便是一钱不值。假如我王正良现在断绝了与你汪副书记的一切个人往来，我量你汪副书记在我这里也找不到什么可捏的软边。等到你三年五年之后当上县长之类的大官了，只要我王正良在工作上没有中饱私囊，我量你汪副书记对我王某人也只能甲鱼瞅蛋——干瞪眼！

王正良越想越觉得不对劲，但是为了息事宁人，还是按照自己的初衷和在电话中的承诺，忍辱负重地去完成这个自己极不情愿完成的任务。

王正良果然如期而至，汪副书记站在自治地委生活区18号楼下面的场子里，大口大口地抽着香烟，用来回踱步的方式打发着难耐的时光，焦急地等着王正良的到来。

王正良的车子戛然停下。他直接向满脸不悦的汪副书记走去。

"汪书记，实在对不起，让您久等了。"

"什么对得起，对不起？你说有啥事，我要走的！"汪副书记佯装酒醉地反问着王正良。

"汪书记，不是听说今天是侄儿子的十二岁生日嘛，这是我和家人的一点心意。"王正良拿出红包，顺手递到了汪副书记似松非紧的那只手里。

汪副书记像是很习惯、自然地捏了一下红包的厚度，若无其事地说：

"你走吧，我也要走的。"

"好的，汪书记，祝侄儿子学习进步，茁壮成长！"

"你真是啰唆，他不长，你长啊！哈哈……"

王正良听罢汪副书记很不经意说的这几句低级到极点了的话，顿时后悔自己今天不该自找下贱，受到了这般不通人性的奇耻大辱。他无心与汪副书记再交流下去，扭身走进车子，不容分说地向通天县返回……

王正良坐在车子上想，汪副书记的低下素质和修养并不仅仅局限于此，记得那次王正良按照县委、县政府对各地各部门下达的赴沿海地区开展全方位招商引资的任务要求，组建了交通局驻海口招商引资工作站。经过三个多月的艰苦谈判，终于与海口某集团公司初步达成了投资2.8个亿，收购并开发通天河旅游风景区的投资意向。这个意向协议实施之后，不仅可以使三百名景区职工的吃饭和养老等"五金"问题得到根本性解决，还可以使这个过去3000多万元也卖不出去的景区为财政创造2.5亿的国有资产升值收入。对于这个天大的好消息和突然走到面前的财神，王正良欣喜万分，他立即给县委书记和分管旅游工作的县委常委、县政府副县长陈登月做了汇报，结合对方开出的条件和通天县招商引资的优惠政策，召集相关部门在法律顾问的指导下，迅速起草了通天县通天河旅游风景区正式投资合同，准备按照对方要求的时间，在海口县正式举办签字仪式。一切就绪之后，王正良带着这些文件资料来到汪副书记的办公室，专门向他做了系统汇报，最后王正良建议并提出，请汪副书记亲自带队出席这个签字仪式。理由一是汪副书记作为分管交通工作的县领导，在这个招商引资项目已成功在即的情况下，把现在和今后的功劳记在他的身上，是王正良踮着脚做人、为汪副书记脸上贴金的一件好事；二是请汪副书记出席这个仪式，可以使对方感觉到通天县委、县政府对这个项目的重视。因为在当时与通天县有过接触的外地人士中，他们从年龄上分析大都认为刚刚三十出头的汪副书记是一位前途无量的干部，加上现在的县委书记已经进了地委班子，县长急着接书记的手，倘若真的这样顺势而上，汪副书记当然是接任县长一职的最佳人选。通天县的人们都在预测这个趋势的发展，汪副书记也曾在心情愉悦之时，在多个场合表现出了自己乐观其成和志在必得的精神状态。因此，汪副书记对王正良的建议很是赞赏，当即拍板次日下午务必成行。王正良迅速与对方进行衔接，共同商定了举行签字仪式的时间、地点和人员范围，并安排分管副局长提前订好前往海口的机票。殊不知，等王正良次日下午提前约他出发时，汪副书记突然提出先到上海，然后再由上海转机海口。面对这突如其来的变化，王正良措手不及。他不解地问，如果经过上海，要走很长的弯路，而且举行签字仪式的时间已定。汪副书记顿时两眼一翻，勃然大怒起来，叫王正良给那个老板讲清楚，是他来我这里投资，而不是我巴结他来投资，如果时间能改就搞，如果不改就拉倒。汪副书记一时间把王正良搞得满头雾水，只好按照汪副书记的临时决定，从通天乘机前往上海。

等汪副书记到上海，王正良一安顿好汪副书记，便急忙与海口某集团老总联系有关事宜，最后商定次日上午在天星宾馆商务中心会议室正式举行签字仪式。

次日早晨，汪副书记用罢早餐，迟迟不愿走出房间，王正良焦急万分，数次进行友好提醒仍不奏效。王正良这时才明白，汪副书记从来没有独立主持过这样的活动，在这种场合和对象面前显得有些六神无主，在事先设置的程序和议程面前真的不知道如何下手。

王正良拿着那份经过双方反复修改审定的投资协议说：

"汪书记，这是今天要签字的协议，对方老总已在会议室等候多时了。"

"拿过来我看看。"汪副书记指着王正良手里的那份协议说。

王正良递上去，汪副书记的身子就势斜靠在床头上，一目十行地看了起来。

"这个协议不行，有好几个地方要做大的修改。"汪副书记说罢，便把协议扔给了王正良。

"汪书记，这可是经过双方反复沟通的，县委书记也同意啊，马上就要举行仪式签字了，修改还来得及吗？"

"来不及，就不签！"

"他们正在那里等着我们，是不是先告诉他们一下？"王正良试探性地向他请示。

"你去跟他们说一声，叫他们继续等，如果等不住，就来我这里！"

王正良心想，完了完了，这下子完了，这只煮熟的鸭子看来非飞不可了。

三分钟后，海口某集团公司老总满怀不可思议地来到汪副书记的住处，汪副书记依旧斜靠在他的床头，若无其事地收发着短信。

老总问，这是怎么回事。

汪副书记边收发短信边回话，说是要对协议条款进行修改。

老总说，一切都准备好了，怎么会发生这般突如其来的变化？

汪副书记不断地点击着手机的短信收发键，漫不经心地做着回答。

老总起身要走，王正良赶紧相劝。

"我算是佩服你们内地的作风和效率了，你们内地，官小架子大，人穷派头足。你们丝毫没有把我们的诚意放在眼里。对不起，我被迫放弃对你们的选择，只有另找合作方了！"

老总丢下这句话，势不可当地离开了汪副书记的住处。

王正良目睹此情此景和这种僵局，痛恨自己当初不该节外生枝，请来了汪副书记这个不该请的菩萨，让自己和同志们用大量心血和汗水换来的劳动果实，被通天县人民追捧的这颗政治明珠糟蹋得不如一泡狗屎。

王正良联想起这些发生在汪副书记身上的一系列令人啼笑皆非的故事，他发誓今后再也不去巴结他了，对于这种把韭菜当麦苗，把癞蛤蟆当青蛙，从家门到校门、从校门进机关门的不知天高地厚、不知艰难辛苦，靠家庭背景混出来的不肖官员，他是越来越瞧不起了。因为他不具备一位领导同志的基本素质，更没有做人做事最起码的诚实和准则，与这种人在一起工作、生活、学习和相处，简直是一种痛苦和悲哀。他现在已经深深地体会到，原谅一个人是容易的，但再次信任，就没那么容易了；暖一颗心需要很多年，凉一颗心只要一瞬间或一两件事；现在时间在变，汪副书记也在变。有些事，不论我们如何努力，回不去就是回不去了。有时候，这个世界很大，大到我们一辈子都没机会遇见；有时候，这个世界又很小很小，小到一抬头就能看到小人。

就汪副书记而言，在通天县这个四千多平方公里的土地上，它变得大的时候，王正良从来没有遇见过汪副书记这样的人，它变得小的时候，王正良却能天天遇见汪副书记这个小人，而且至少还要见他五年。

八

回想起自己因车祸而住院的那十多天，死里逃生的王正良在感到生命珍贵的同时，也感到了人生在世的磨难。俗话说，是祸躲不脱，躲脱不是祸。一方面他感激上苍的照应与保佑，又叩谢白衣天使的全力救治，使得他能够在捡回的这条生命长河里继续享受今后的美好生活。另一方面，他深刻地认识到，只要人生在世，便有磨难相随。

王正良有这个比较消极的认识，是在艾书记与W县长日益加剧的矛盾和裂缝中体味到的。因为在半月前出车祸的那天晚上，马副主席用王正良的手机给艾书记报告之后，艾书记当晚亲自带着秘书和县委办公室主任前往医院进行探望。到了第二天早上，艾书记又亲自安排县行管局局长和有关方面的人士在县委大院门前集合。W县长见有人拿着鲜花，有人提着水果，准备集体乘坐县委机关的那辆大巴前去慰问，便不解地问县政府办公室主任是怎么回事，得到了王正良因车祸受伤住院的消息。为此，W县长勃然大怒，说交通局是政府组成部门，政府部门的局长出了车祸，为什么王正良偏给艾保山汇报，而把他W县长关在门外头，使他一无所知。在王正良出院后参加的好几次全县有关工作会议上，与王正良直面而见的W县长，信手拈来的什么话都说，就是不谈王正良车祸致伤和住院治疗的事，装作什么也不知道的样子，一笑而过。王正良心想，W县长可谓一条另类的汉子，他那怪僻的性格也可谓怪僻到了他从未见过的极致。同时，王正良还意识到，他以后与W县长之间将会出现一种更加难以相处的局面，穿不完的小鞋和吃不了兜着走的事情也必然只多不少。这对于三岁丧父，十九岁丧母，从近似孤儿的艰难曲折的道路上挺过来的王正良来说，在艾书记与W县长共同制造的夹缝里工作和生活，远比叫天天不应，叫地地不灵的境况更加残酷和无情。面对这充满羁绊的"竹竿舞"和两面夹击的"夹板舞"，只要王正良身在其中，他跳也得跳，不跳也得跳；跳得好，便有节奏，跳得不好，便会夹住，甚至夹伤。除此之外，他王正良别无他路可走。

不过，王正良最后还是想通了，那就是，艾书记和W县长假若对他好，也是五年，假若对他不好也只是五年。五年间，风从指尖过，弹指一挥间，还是那句老话和那个观点，只要他王正良一心扑在工作上，只要他王正良不把权力当作个人牟私的工具，只要他王正良不把交通局这个平台当作个人投机钻营的跳板，他王正良什么也不怕，什么也不必怕。所以，现在王正良安然多了，他签完办公桌上一沓沓文件和报告之后，拿起剪刀，剪开一封信件，准备按照"分级负责，归口办理"的原则，认真处理这些来信。

最后一封信，是以"人民群众"的名义寄来的。王正良过去在神龙山工作时，见过类似数不清的来信，凭他多年的阅信经验，凡是以人民群众名义寄来的信件，绝大多数都是反映领导干部经济、生活作风和其他以权谋私方面的内容。王正良打开一看，果然不出所料，信中直指朱副局长利用手中的权力，在交通汽车修理厂负责租赁经营之时，打着自治地委某公司的名义与他人合伙入股，乘机侵吞国有资产，同时还反映朱副局长在通途路桥公司以入股形式购买了两台铲车，常年租赁给路桥公司使用。举报信指出，以上两笔入股形式，均以他的连襟们的名义出现，并说狡猾多端的朱副局长让任何人从账面上都看不出蛛丝马迹。举报人声称如果王正良不予查处，就要携带相关证据材料向交通部反映，直至当事人退赔赃款受到惩罚为止，否则决不罢休。

王正良没有想到，在他心目中，历来温文尔雅的朱副局长竟然也有得罪人的地方，不知由于什么恩恩怨怨，惹引这个人与他背水一战，将他置于死地。王正良在住院期间曾经听郑副局长说过，交通系统最喜欢告状的是职工龚以蓝，说他从1969年开始告状，一直告了四任局长，时间长达三十五年，把其中一任局长告进了监狱，把两任局长告成了半路夭折。等到告第四任局长的时候，哪知这位已经升任县委常委的前任局长，采取交给群众讨论分析的办法，把他上任以来上级批转下来的每一封告状信，在全系统的干部大会上进行公开宣读，让大家讨论、分析告状信究竟是谁写的。通过在阳光下暴晒数以百计的告状信，使告状的那个人成了众矢之的，像过街的老鼠一样人人喊打，由此实现了长达十六年的安定团结。

那么这次告状是不是这个人所为呢？王正良虽然来这里工作时间不长，但是凭他的直观感觉，他认为这不像是年事已高的龚以蓝干的。理由很简单，一是从字体上看，这封手写的告状信的字迹没有老年人写得那么稳重和地道；二是从口气上看，里面带有浓烈的哥们义气色彩，字里行间充斥了很多"老大""哥哥我""他老六不够意思""我非给他搞定不可"等等这些平时年轻人常用的字眼。王正良想，入股并不是什么坏事，只要收入来源正当，通过合法途径和诚实劳动取得合法收入也未尝不是一种好事。那么使这人走上告状之路的引爆点究竟是什么呢？王正良认为，这要么是他嫉妒对方，或许过去彼此在同一起跑线上，现在由于种种因素而拉开了距离；要么是他在对方面前要求达到而没有达到的某种目的；要么是那人企图在新老交替之机，给朱副局长一个"下马威"，让他不能受宠于王正良；要么是在王正良面前显示出他的正义和果敢，为他以后的政治前途慢慢地铺平道路。王正良想来想去，大致不会超出这个范畴，正慢慢思索着，他反锁着的局长办公室门被人轻轻地敲了几下。

　　王正良起身开门，只见既是老乡又是同学的张二娃子，毕恭毕敬地站在自己的面前，他不禁有些吃惊，连声问他今天这么晚了，前来有何贵干。张二娃子十分谦逊地走进王正良的办公室，说今晚主要是来看看同学加老乡。王正良边为其倒茶，边思考这位在通天县家喻户晓的建筑精英，今天来到这里究竟有什么用意。

　　殊不知，张二娃子不等王正良把茶倒好，把一个用信封装得鼓鼓囊囊的东西随手塞进王正良办公桌的抽屉之后，便要起身告辞。

　　王正良见状，扔掉手中的纸杯，一把拽住张二娃子，问他这是什么意思。张二娃子处变不乱地回答，除了看望老乡加同学之外，什么意思也没有。

王正良说什么也不相信，世上既没有无缘无故的恨，也没有无缘无故的爱，张二娃子今天肯定是有求于我王正良，无非碍于多年来初次见面，没有明说罢了。王正良要他把东西收回去，否则今后即使遇到可帮之忙，也会决意不帮的。张二娃子听罢此话，干脆放出让王正良感动的狠话，如果你不收这点小小的心意，他就从这层楼上跳下去，或者当场把它烧掉，以证实自己既不是为利而来，也不是为利而去。王正良见推辞不掉，只好口头先答应收下，想等到明天上午再做上交处理。张二娃子眼见王正良没再坚持推辞下去，赶紧甩掉王正良拉着他的那只手，大步流星地离开了王正良的办公室。

王正良心里清楚地知道，张二娃子今天来到这里，绝对是黄鼠狼给鸡拜年——没安好心。因为在这之前，王正良听局里的同志们说，前任局长在卸任之前，在县中心的凤凰村准备预征土地三十七亩，用于建设七栋"托拉斯"式的职工公寓，并筛选了五个开发商，采取五选三、三选一的办法进行邀标式建设。这几天来，这些入围的和没有入围的开发商都在接连不断给王正良打来电话，纷纷表示愿意以带资建设的形式，拿下这个在通天县算天字号的建设工程。

其实，这个工程项目只是前任局长那年春天在县郊边上画了一个圈，仅仅是一个徘徊在口头上的良好愿望，因为截至目前，项目规划的批复和建设资金的来源全部处于空白状态。为了完成艾书记和W县长交办的两个园区景观大道建设任务欠了一大堆工程款的王正良，根本没有心思去接着考虑这个问题。现在，张二娃子送来的这一沓还不知多少的礼金，肯定是冲着这个"托拉斯"的项目来的，此前，王正良虽然知道张二娃子

无悔的真诚

做人做事都不错,但是无论如何他也不能收下这笔钱,因为古人说得好,"无功不受禄",现在他认为在现实情况下,有功也不能受禄。

九

　　张二娃子给王正良送了两万元钱,想达到承建县交通局子虚乌有的七栋"托拉斯"职工住宅楼一事,像传染病一样,在不到一个月的时间内,又传到了开发商乌子奎耳中。乌子奎在由破产后的县交通局汽修厂出让的土地上搞商业街和购物广场的开发,是通天县邻近县的一个连自己名字也不会写的小老板。在王正良到通天县交通局担任局长的三年前,乌子奎和他的连襟王二豹以三百万元的价格,取得了破产结束后的通天汽车修理厂二十五亩土地的受让权。三年多来,乌子奎和他连襟的房地产开发工作一直没有步入正轨。由于破产企业职工的养老金、医保金、失业金和过去的一些经济往来没扯清,职工们在不平衡心理的驱使下,经常成群结队,不是到县委、县政府堵大门,就是一窝蜂地到开发现场堵工地,隔三岔五地闹得书记、县长办不成公,也明火执仗地搞得乌子奎的工地长期处于停工的状态。特别是前几天发生的一件令人哭笑不得的事件,使头疼不已的王正良,既看到了群众的力量和愤慨,也掂量出了乌子奎的无理、无能和小气。那一天,在乌子奎的施工现场上,有五六个七八岁的小孩在堆放的沙堆上玩耍,这本是应由他的手下去制止和管理的事情,结果乌子奎亲自快步上前,给这群在沙堆里摸爬滚打的小孩狠狠地每人打了一耳光。正在午休的职工们循声望去，只见乌子奎像捉贼似的还在穷追猛打着一个小孩，于是乎，职工们遏制不住心中的怒火，冲上前去群起而攻之，一阵拳打脚踢，把威风凛凛的乌子奎一下子打得瘫在地上，职工们解了心头之恨，扬长而去。乌子奎如丧家之犬，一手撑在地上，一手拿着手机贴在那已被打肿的耳朵上，妈呀连天地叫唤着王局长快来救命。王正良当时不知事情的来龙去脉，只觉得外地开发商在他的地盘上被打，生怕因破坏经济发展环境而受到批评和处分，赶紧叫五大三粗、处置群众事件有经验的郝副局长前去平息，哪知半小时不到，郝副局长哈哈大笑地走进王正良的办公室，弄得王正良一时半会儿找不到北。

王正良严肃质问："你在搞什么？群众闹这么大的事，你还有两块脸笑哈哈的？快说，这是怎么回事？"

"哈哈……"郝副局长像麻袋里的核桃往外倒一样，又是一阵连环大笑，"王局长，老子觉得他个狗东西今里硬是该打得很！哈哈……"

郝副局长又不停地笑了起来。

王正良把桌子一拍："郝玉芳，你到底像不像话？！难道打人还有道理了？简直是幸灾乐祸，唯恐天下不乱！"王正良大怒，这才使郝副局长止住了大笑。

"王局长你说说，几个不懂事的娃子在乌子奎的沙堆上玩沙，本来是他使个眼色就解决了的事，没想到他个狗东西亲自上阵，把那几个娃子打得叽里哇啦的，那些穷得要命的职工看见了，本来就没地方出气，遇到了乌子奎这号的稀奇事，你说不去揍他，还等几时？"

"老乌现在咋样了？"

"鼻青脸肿牙出血，不过都是些小伤、轻伤、皮外伤，没的大事，他刚才自己爬起来走回他的办公室了，我把那些以牙还牙的十几个职工狠狠地训了一顿，现在他们都回去了。"

郝副局长给王正良汇报的时候，不紧不松，看不出丝毫的压力。

就在这个事件过后的第三天上午，乌子奎和他的连襟来到王正良的办公室，先是诉苦，后是请求，不容王正良接过话题，他们起身从提包里掏出一个用报纸包的东西，很轻松自然地向王正良的办公桌上扔去。王正良问这是什么，二人一致说这是操心费，王正良不悦，连递带按地把这两万元的纸包压在乌子奎那双似松似接的手上。心想，这个连自己名字都不会写、一心钻在钱眼里的粗人，在被破产职工殴打之后，竟然还送来什么操心费，还是那句老话，我王正良有功无功都不受禄，你搞你的开发，我搞我的工作。风马牛不相及，半点边都沾不上，竟然送来什么操心费，这是从何谈起？想到这里，王正良命令道："你把钱拿走，否则，我是要交到局里财务上的！"

"王局长，反正这是我们的心意，收不收，是你的事，这钱我今天肯定不会带回去的！"乌子奎说罢，一甩手，把那包钱又扔到了王正良的办公桌上，折身跑出了王正良的办公室。

机关科室的几位同志听见王正良火药味很浓的训斥声和来人嗡嗡哝哝的低沉回答，虽没有吭声，但是猜得出局长今天肯定遇到了一件极不愉快甚至恼火的事情，待那两个他们素不相识的人离开之后，高副局长才小心翼翼地走了进来。

"王局长，你今天怎么这么气呀！"

"狗东西的,在汽修厂搞房地产开发的那两个老板,前天挨了几个职工的打,今天死里活里要送两万块钱,这不,甩了退,退了甩,两个王八蛋像扔臭狗屎一样,最后还是扔到了这里。干脆这样搞,你替我先把这两万块钱保管起来,给我起一个证明的作用,明天上午你和财务科科长一起,上门退掉这两万块钱。"王正良毫无商量余地地说。

"好的,我们明天上午一定落实到位。"

"记住,把这两万块退给他们的时候,一定要叫他们出一个收据,哪怕在白条上按个指头印也行!"

王正良又认真地补了一句。

说着说着,王正良眼看已是下班时间,便告诉高副局长,他几天没在家吃饭了,现在很想回到家里安安静静地和家人吃一顿晚饭。

高副局长很是理解,随手替王正良把办公室门关上,走在王正良的后面。

"你晚上有什么应酬没有?"

"没有。"

"那就到我家里吃点便饭,我叫你弟媳做几个小菜。"王正良说着便拿起手机,拨通了他妻子王小红的电话。

"几点了哇?要待客也不早点说。"

王小红有些埋怨,不情愿地责怪着王正良。

"莫说了好吧,知道早说,就不会受你现在的这个批评了,算了算了,算我的不对,快点去买几个卤菜,炒几个小菜,只有我和高局长两人。"

"爷,算你为大,好吧!我马上就去买菜,你回来了先给高局长发个茶，然后用电饭锅把饭蒸上，莫又二胯跷到大腿上，等我回来的时候还是冷锅冷灶的。"王小红挂掉电话，径直向菜市场和超市方向走去。

　　从县交通局到王正良在徐庶寺村的家，最多不过五分钟的车程，王正良告诉高副局长，他现在很想步行回去，高副局长点头应许，帮王正良提起公文包，走在那条宽平顺直的马路上。王正良说，他在神龙山工作的时候经常下乡检查农业生产和支柱产业建设，翻山越岭的过程，便是锻炼身体的过程。后来进城了，工作头绪多了，走路的机会少了，现在走在这条马路上，跟在山里走村串户一样，简直是一种久违的享受。高副局长说，饭后百步走，能活九十九。以后只要抽得开的时候，他愿意陪着王正良到外面散散步，走一走。王正良说，每天晚上不是在县里开会，就是在外面应酬，半夜三更才回去休息，第二天早上想起但又起不来，你弟媳说我每天早上出去的时候还是清清白白的，晚上回家的时候就变成佯佯绊绊的了，说我把家里当成了旅社，把她当成了丫鬟。我开始没有当回事儿，后来仔细一想，她的这些话还真的有些道理。天天这样无节制地忙了睡，睡了吃，体重增加了七八斤，长此以往，身体肯定会出毛病的。高副局长说，前几年他在交通分局当那个小一把手的时候差点儿被酒打倒了，劝王正良以后能躲则躲，能闪则闪。王正良说，在目前这种体制下和环境中，很多应酬你既躲不脱，也闪不了，比如，跑项目的时候，你不仅要会喝，还要会说，喝要喝得惊天动地，打动人心，说要说得妙语连珠，风生水起。否则你如果死沉沉待在那里无动于衷，一要不到钱，二维持不到人，最后是忐忑不安地去，垂头丧气地回，两手空空，什么也搞不成。

再比如，你跟领导在一起陪客的时候，你总不能让领导在前面冲啊杀的，自己在后面观战，如果真的把领导搞醉了，你看你以后的日子好不好过。高副局长跟在后面心悦诚服地连连称是，深深理解到了他眼前这位局长的苦衷和不易。王正良说，现在既然端了这个碗，就得吃下这碗饭，等他干上几年，使得全县的交通事业蒸蒸日上的时候，便选择一个合适的机会，急流勇退，不然的话，天天泡在酒缸里，身体出大问题了，后悔就来不及了。

他们一路攀谈，犹如心灵的一次旅行，把直白毫不掩饰地变成了倾诉，所有倾诉毫无保留地变成了直白。

转过一道弯，走过三户人家，便到了王正良的家。这栋三间两层的私房是王正良2001年卖掉那套在县政府三号楼的三室两厅的单元房之后，在取得规划许可的情况下建起来的。这在当年被神龙山的王龙友做了一篇很大的文章，说是王正良挪用和贪污扶贫资金在城区建了一栋欧式别墅，一时间，在神龙山闹得沸沸扬扬。为此，地区纪委成立专案组从2002年正月十九日开始，在神龙山调查了半月之久，直到调查结论确认王正良没有经济问题之后，县委书记艾保山才超乎寻常地把王正良作为新一届政府副职预备人选，派往省委党校进行为期三个月的培训学习。当时，一位好心人曾经提醒王正良，叫他一定要把这次学习当作一个跳板和平台，不遗余力地处理好各种关系，确保今年年底党政班子换届之时，进入县级领导行列。遗憾的是，当时的神龙山一穷二白，憨实的王正良，没有把那些潜规则当回事儿，再加上王正良在省委党校学习期间，不知是哪一位竞争对手，以王正良的名义，向省、县纪委和组织部门反映了艾保山同志的十大罪状，对此，艾保山既相信又怀疑，既不能完全肯定是王正良所为，又不能完全肯定不是王正良所为，一直把这事装在心里，彻底放弃了对王正良的重用。结果到了年终，意气风发、志在必得的王正良只取得了一个县人大常委会副主任差额候选人的资格。落选后的王正良无奈而坚定地回到了属于他的神龙山，直到这个时候，艾保山重拾了对王正良的信任，拍着王正良的肩膀深情地说："正良啊，你真是一个好同志，县委和人民不会亏待你的。"没料到，正准备在神龙山再干上三五年的王正良，于春节过后次年4月被县委任命为交通局局长。眼下，王正良在交通局局长这个岗位已工作快一年了，对于身边这位在工作上特别尽力支持自己的搭档，也是交通系统来到家里的第一位客人，王正良当然要热情地接待。

王正良开门进屋，把高副局长安顿在书房里坐下，给高副局长发了一杯浓浓的绿茶，然后到厨房里，把淘好的米放进电饭锅里，按下开关，让它煮了起来。

稍后，王正良走进书房和高副局长继续攀谈了起来。

"兄弟媳妇长得既漂亮，又贤惠，我看这在整个通天县城也没有几个。"高副局长非常诚恳地对王正良的妻子王小红评论了一番。

"她是建筑工人的女儿，从小受到了比较良好的家庭教育，平时为人处世非常通情达理，至于那副长相，从五官摆布到四肢搭配，从高矮胖瘦到风姿气质，在她那个年龄段里，还是排得上一二三的。我是一个有福之人，凭借当年身为人民警察那个优势，在媒人的介绍下，几乎是没费吹灰之力，就把她娶到了手。"

"是的是的,你看你这个女儿长得不是一般的美丽。"高副局长指着墙上挂着的王正良女儿的照片说。

"你这个侄女叫王秀月,你看看这个十二三岁的孩子,简直像个十八岁的大姑娘一样,身材像她妈妈,五官像我,算是把我们两个人的长处和优点都取到她身上了。"王正良接着高副局长的话自豪地说。

"儿子像妈有福,女儿像爹有福,看样子这孩子以后有享不完的福啊!"

"我结婚的头几年,白手起家,房子窄,工资低,家具不是缺这,就是缺那。直到1996年,我迎来了'双喜临门'。上半年,我稀里糊涂地当上了公安局的副局长;下半年,你弟媳又意外地怀上了你侄女。当时,你弟媳知道怀孕后,激动得哭了,因为她此前说过,如果她没有本事给我生儿育女,她就主动地向我的每一位领导和周围同志说清楚,然后和我离婚了远走高飞。现在一想起这些,我就难免有些心酸和感激。说起你弟媳,尽管她在方方面面无可挑剔,但是在家里我有一个明确的规定,就是不允许她过问和干预我的任何工作,更不允许她背着我收受他人的礼金礼品。这个规定既像一根红线,也可以说是像一个地雷,什么时候也不能踩踏。这些年来,我一直在坚持这个原则,她也完全养成了这个习惯。"

"其实两口子哪有不吹枕头风的,你这样对待弟媳,确实有些苛刻了。"

"这叫各人搞各人的工作,也叫井水不犯河水。我的工作,上有领导,下有同志,中间有自己,用不着老婆在里面岔七岔八的,过去有些人听老婆的话,按老婆的指示办事,结果在工作上吃了黑亏,在政治上栽了跟头,在仕途上半路夭折,这些血的教训,都是值得吸取的。"

王小红回来虽然听得不算完整,但是感觉到王正良又在耍他的大男子主义,于是有些迷惑不解地笑着问:"这会儿又在说我啥子?你成天把我当贼防,好像我是一个没有改造过来的反革命分子似的!"

王正良接着一声朗朗大笑,一溜烟地钻进了厨房。

十

连续三年的干旱，旱得底朝天的通天县八子岭水库完全丧失了万顷良田的灌溉功能，数百年来负担承载和吞吐它的那条绵延百里的定子河，像缩影的戈壁滩一样，映入人们眼帘的尽是大大小小的卵石。世世代代生存在定子河冲积平原上的两岸民众和一直以来依靠它灌溉的万顷良田，从前年开始，几乎有一半以上的面积逐年改水起旱，"风吹稻花香两岸"的田园风光，像一首渐行渐远的歌谣无法再在通天县六十万人民的耳旁回荡作响。也许是受愈演愈烈的天干物燥的长期影响，通天县的人们，不约而同地显现出一种躁动不安、火气冲天的状态，一些不可思议的事件接二连三地发生在通天县城乡各地。

前年，城西家具县场在先一天结束的通天县消防安全工作总结表彰会上扛回了一块"最佳先进单位"的招牌，不料次日晚上就发生了一起烧死五人、烧伤二十八人的较大安全生产事故。去年夏天的一个夜晚，当城里的人们正在消暑纳凉的时候，忽然城东一声巨响，震碎了十里之外的门窗玻璃，受惊吓的人们回过神来之后才知道，装有数百吨民爆物品的炸药仓库随着这声巨响，连同数十户民居全部夷为平地。今年，当通天县的六十万人民还未完全从那较大事故带来的惊吓中平复的时候，又到处盛传着从"八大金刚"中浓缩成"四大金刚"的官场八卦。一些热衷于道听途说和传播是非的人士，根据通天县政府各组成部门的工作职能强弱和专项资金流动量多少，把这四个强势部门定为"四大金刚"部门，把在这些部门担任局长的人定为众多局长中的"四大金刚"。一时间，"四大金刚"成为通天县城乡各地和街头巷尾议论的热门话题。在这个躁动的山城，就犹如某个男人在寡妇门前留步而遭受好事之人猜测一样，等到搞得满城风雨的时候，最后一个听说和知道的，往往是当事人自己。

王正良就是在这样的背景下，在别人半信半疑的特殊目光中度过了四个月之久。直到今天中午，他在天府路一家擦鞋店擦那双现在三个多月才换一次沾满泥土的鞋子的时候，才听那个老乡擦鞋师傅把关于"四大金刚"耸人听闻的议论，一五一十地告诉了他。王正良听完之后，顿时如芒在背，恨不得马上取下他头上这顶"帽子"，脱掉身上的这套"衣服"，找到那些口吐谣言和制造是非的人，给他们几记响亮的耳光，以解除自己的心头之恨。后来，王正良还是冷静了下来，他用理智克制住了情绪的冲动，把熊熊燃烧的怒火抑灭在那颗直率而忠耿的心里。他在想，在这个说大不大、说小不小的县城，毕竟有太多的机会和太大的概率让他遇见这些他本来就很熟悉的无耻小人，到时候，一旦上苍安排了，他非质问对方，让其说清楚不可。

话再说回来，还是他王正良一直坚持的那个老观点，就是只要他王正良不把公权当作自己谋私的工具，任凭山雨欲来风满楼，也没有什么可怕的。现在，他很庆幸自己去年做了那件很值得肯定的事情，这件事情不仅给自己敲了警钟，也给那些住在乡下的兄弟姐妹和亲朋好友打了一剂及时的强心针。这件事情，王正良在上任之前就考虑成熟了，只是上任之初困于和忙于工作上那些剪不断理还乱的头绪，到了去年的那天晚上，他同妻子仔细商量之后，才逐户电话通知王、王两家四十多名直系亲属和三代以内旁系血亲以及平时来往比较密切的同乡、同学，于第二天上午8：30赶到县交通局会议室参加了他亲自主持召开的"家庭警示教育会"。这次会议，由通天电视台和《中西日报》驻通天记者站进行了全程采访报道，王正良的妻子、三个兄长、内弟和侄儿侄女、外甥以及同乡、同学代表都在王正良推心置腹的讲话之后一一做了表态发言。

　　王正良在这个会上，曾经说了这样的一段话，你们都是我的家人、亲戚和朋友，你们在过去的岁月里，为我付出过很多心血和代价，我曾经和你们一起在乡下饱受过饥饿和寒冷，在那个欲食无米、欲暖无衣的年代，你们给予了我无尽的关爱，如果没有你们当年的体贴与抚养，无法想象父母去世后我会是一种什么样子。我或许流浪他乡，四处漂泊，也或许在饥寒交迫和病魔缠身的状况下已再生人世。所以我能有党组织让我做一名人民警察，负责领导一方面工作的机会；能有党组织让我做一名"三农"干部，负责带领神龙山人民共同致富奔小康的机会；能有党组织让我做一名交通领导干部，负责谋划全县交通事业发展的机会。这些与你们当年对我并施的恩德，并行的友善是截然分不开的。今天，在这个岗位上，我一定要严格要求自己，忠实执行法律，认真研究业务，把自己的智慧和才能，把你们的叮咛与嘱托，以及对党组织和对你们的感激与报答之情，化为努力工作、严于律己的实际行动，真正争做一个无愧于党、无愧于人民、无愧于家乡、无愧于亲朋好友的人。

王正良说这番话的时候，参加会议的每一个人，包括他自己在内，都淌下了止不住的泪水。他这不是装腔作势，而是真情的流露；也不是摆弄作秀，因为他天天埋头于工作，这时还不知道社会上那些闹得沸沸扬扬的关于他是"四大金刚"之一的议论已经成了好事者们茶余饭后闲聊的主题。因此，动情之后，王正良板起那副他从未板起过的严肃面孔，要求他们继续把他当作当年依靠他们吃饭的小弟；当作当年一个月只有三十七元工资的临时工；当作当年从事侦查破案工作的一名警察；更要把他当作仍然在农田里日出而作、日落而息的老家农民，把他现在所拥有的权力归为党组织的信任和人民的重托，归为谋私的警钟和痛苦的险滩。接着，他话锋一转，又一字一句地在会上做出了震惊四座的"十不"承诺：

"（一）不收受可能影响工作或可能损害国家集体利益的任何人直接或迂回送来的礼金、礼品和有价证券。

"（二）不安排任何亲戚家门和同乡、同事、同学进入交通系统工作。

"（三）不允许任何亲戚家门承包、分包或承接他人转包的任何路桥工程和与路桥建设有关的原材料采购与供应。

"（四）不开设任何形式的商店、饭店、药店、美容美发美体店、洗脚屋、茶社、歌厅等营利性经营场所。

"（五）不减免任何亲戚家门应向国家缴纳的各种交通规费。

"（六）不购买装载、挖掘、运输机械从事和参与路桥工程建设。

"（七）不出入与工作无关的高档消费场所，更不得涉足黄色场所。不参与打麻将、斗地主、诈金花等赌博活动。

"（八）不为已在交通系统工作的任何亲戚家门谋取任何私利。

"（九）不回避工作中的任何矛盾和问题，更不得在职工和群众面前存在任何官僚主义作风，做到既不欺老也不欺少，更不欺下。

"（十）不忽视对党员干部的思想政治教育和党风党纪教育，自觉树立为基层服务、为群众服务、为全县经济建设服务的大局意识，切实深入一线解决群众的疾苦，并且始终抓住交通事业发展不放松。"

会议之后，王正良连客套话也没有说一句，前来参加会议的亲朋好友犹如百鸟归巢，静静地离开了这间让他们感到陌生，而且在他们看来有些许特殊、神秘的会议室。随后，王正良安排办公室的同志把他的这十条承诺一字不漏地打印出来，由安保科和纪检组把它贴到了他的家乡、他就读过的学校和他以往工作过的地方，接受社会公开监督。

擦完鞋，回到他的那间办公室，王正良心里乱糟糟的，思想和精力怎么也无法集中。虽然人们都在推崇那句"大肚能容，容天下难容之事"的无上之语，但是真正能做到的，天下又能有几人？虽然王正良的母亲在过去也一直教育他"忍一时之气，免百日之忧"，但现在的问题是，应该怎么"忍此气，免此忧"。这个下午，王正良的肝火有些旺，甚至把无法遏制的肝火，发泄在前来汇报工作的同志身上，一时间，搞得大家满头雾水，一个二个像丈二和尚一样，第一次看到王正良发这么大的脾气，怎么也摸不着头脑。在办公室的其他同志只好憋住呼吸，一改往日的工作节奏，老老实实地待在自己的办公室里。

他一支接一支地抽着烟，满屋的烟雾，只差让他有些喘不过气来。王正良起身掐掉那半截香烟，打开窗户，背着双手，在办公室来回踱起步来。他一直在思索这一连串的问题，就是那闲得无聊的人们为什么要以己之心，度人之腹？为什么要把在强势部门工作的人必然当成贪污腐化之人？

万事万物不能偏其道而过其性，否则就会出现问题。俗话说"天高不为高，人心第一高"，如果众人心变了，其环境和气候也会随之而变，正所谓"天作孽犹可恕，人作孽不可活"，如果都利欲熏心，丧失人性和伦理道德，那么就会出现自然灾害，奇异怪事。所以要爱护自然，和谐自然，做好自我，这样才对得起天地良心，人的良心就是我们做人处事的中庸之道。

想到这里，王正良突然感到办公室之外甚是安静，他扭头从窗口望去，室外已是天黑时分，院内的灯光洒在他的窗前，现在，他感觉有些累，也有些饿，他只好放下心中的思虑，甩掉今日的气愤与烦恼，把那些谣言与是非当作随风吹走的那堆狗屎的臭气，若无其事地走进了那家快捷小吃店。

十一

　　甄狗屎是通天县的干部圈子里给县机电管理局的副局长甄世怀取的一个绰号。一些认识他的人们这样叫他，是因为他一是嘴不值钱，热衷于评头论足，说长道短，成天在办公室里除了抽烟、看报、上厕所之外，绝大部分时间习惯于把张三的不足、李四的混账放在自己的舌头尖上。二是乐于道听途说，打探小道消息，然后以此为据，通过各种渠道进行传播。时间长了，人们便看穿了他丑陋的嘴脸和肮脏的灵魂，说他好比是"狗嘴里吐不出象牙"和"人肚里拉出的尽是狗屎"。后来，人们不约而同地把甄世怀喊成了甄狗屎，于是乎，甄狗屎这个古怪而下贱的名字便臭名远扬，传遍了通天县县直机关的每个角落，几乎达到了家喻户晓、人人皆知的境地。

　　今天上午一上班，甄狗屎就端起了那个泡着铁观音的又粗又长的塑料茶杯，开始串起门来。他先是来到财务科，满脸堆笑与那个美女嫂子打着招呼，不料美女嫂子反制为先，顺手拎起她的女士包，站起身来，开门见山地说道："甄局长，我现在要到银行划几笔款子，你先到这里坐一会儿。"美女嫂子说时迟，那时快，像风一样地从甄狗屎面前刮过，用力把门一关，将甄狗屎一人关在财务科里。甄狗屎顿时不知所措，呆呆地听美女嫂子的高跟鞋发出的走路声，渐行渐远地向楼下走去。

甄狗屎自知讨了个没趣，不敢独自在财务科久留，否则别人看见了，他说不清也道不明，僵硬的身子像木偶一样，做着起身、开门、关门的动作，然后拖着沉重的步子，犹如一头在泥潭里行走的怪兽，艰难而怪异地向另一个地方走去。

甄狗屎带着自己的癖好，来到了与财务科相隔不远的机电档案馆，他皮笑肉不笑地站在门口，见大厅坐着十几号人，一眼望去，有生人，也有熟人；有叼着香烟的男人，也有浓妆艳抹的女人，他顿时眼前一亮，清了清嗓门，用领导的姿态和口吻向大家打着招呼。

"同志们好，同志们辛苦了！"

"哎哟，甄狗……"话刚出口，档案员小静赶紧打住，吐了吐舌头，连忙改口道，"哎哟，甄局长大驾光临啊，欢迎欢迎，快坐快坐！"

"什么大驾光临呀？我昨天下午还来了的，不过呢，我这人很注意联系群众，对同志们可谓一日不见，如隔三秋啊！"

"甄局长，看您说的，说明你心里始终装着我们哟！呃，甄局长今天给我们带了什么大新闻、好消息啊？"

"莫说，我今天还真给你们带来了特大新闻：昨天晚上，县纪委一夜之间双规了三个'一把手'局长！"甄狗屎瞪着双眼，眉飞色舞地说道。

档案员小静听到这里，连忙追问欲言又止的甄狗屎。

"哼，'四大金刚'进去了三个，还剩下一个，我看是'兔子尾巴——长不了啰'。"甄世怀说。

"不会吧，怎么会一下子进去了三个？"

"信不信由你，反正人进去了是真的，我现在的兴趣已不是这三个进去的人了，现在让我最纠结的，是还有一个什么时候进去。"

小静听到这里，心里顿时不悦起来，马着脸，毫不客气地问着甄狗屎："你这人怎么这么喜欢落井下石，幸灾乐祸呀？"

"呃呃呃，姑娘，话可不能像你这样说啊！我的意思是既然同是'四大金刚'，那么就应该一起进去，何必今里进去一个，明里进去一个呢？"

"你这完全是唯恐天下不乱！"小静毫不客气地说。

"这不是乱不乱的问题，而是屁股丫子干净不干净的问题。我就不信那个王正良就这么廉洁，不为金钱所动。一年从他手里过往资金一个多亿，我只说他一百块钱贪一块，那一年下来也是百把万哪。你说说，在这样的岗位上工作的人不犯错还等几时？"

"甄局长，我现在要抓紧时间整理档案，没有时间陪你捕风捉影了，我觉得现在谁不打你、谁不骂你你就到哪里去！"档案员拿起甄世怀那个满是茶垢的茶杯，捂着鼻子递给他，下了一道不由分说的逐客令。

甄世怀几乎是被档案员小静推出档案馆大厅的，里面的十几号人没人阻止小静的这一举动，只见他们的目光里既有些诧异，又有些对小静的钦佩，同时对甄世怀既有贬看，又有些讨厌。直到他们发现小静的脸上有几丝愤怒的时候，才对小静不停地安慰起来。

原来，当年王正良在县供水公司当临时工的时候，身为公司办公室主任的小静的母亲，对王正良的好学精神、勤劳态度以及谦虚为人方面很是欣赏，同时对王正良自幼失去双亲和在公司里做临时工的处境很是怜悯和同情。这还不算，最让小静母亲心动的是，这位来自农村的小伙，与小静的年龄十分相当，如果把王正良作为自己的未来女婿，应该说是牛郎配织女，麒麟配凤凰，叫作天生的一对，地造的一双。小静的母亲一直在自己心里把这当成一件好得无二的事情。每逢星期天的中午，便事先告诉王正良，要他去她家里吃午饭，高桌子低板凳的，搞得蒙在鼓里的王正良满头都是雾水。因为自卑使然，他根本不理解在他心目中具有崇高形象的公司办公室主任的这种安排，也不敢想象和奢望自己能够有缘走进这个家庭，使这里成为他爱的港湾和归宿。所以，他只会在这里干一些诸如打扫卫生，或者转运煤球之类的事情。到了吃饭的时候，便是一声不吭地低头吃饭，如果不遇到小静妈妈说话、打招呼，他是不敢说任何话的。虽然这其中带有紧张和不好意思的成分，但是在小静看来，他这个拙口笨舌、老实巴交的样子，今后不可能有什么大的出息，也不可能给她带来什么幸福。三个月过去，小静想来想去，向她妈妈婉拒了这门亲事。小静的妈妈是个教书出身的知识分子，对女儿的选择没有干预下去，以致毫不知情的王正良退出了她妈刚刚搭起的这个爱情舞台。

现在，这件事情虽然已经过去二十多年了，但是后来随着命运的安排，王正良一直没有跳出小静的视线。他先是一夜之间成为人民警察，这好像睡梦中的小静突然被唤醒了一样，她百思不得其解地后悔自己的错误决定。几年后，她的那颗心好不容易平静下来，殊不知这个当年老实巴交的乡下娃子当了警察不说，五年之后又成了负责侦查破案的县公安局副局长，再后来，又是镇长、镇委书记的，硬是不间断地在她心海里掀起一层又一层的涟漪和波澜。眼下，身为交通局局长的王正良，被甄世怀说得唾液四溅，若不是看在甄世怀是她顶头上司的分上，小静恨不得走上前去狠狠地抽他甄狗屎几耳光，以解她的心头之恨。坐在那里一直观看刚才那一幕的人们，似乎注意到小静在情感上的微妙变化，但他们谁也没有问，谁也没有说，只觉得甄狗屎所说的那些话，好像一根钢针深深地刺进了小静的心里，他们感觉到，现在小静的心，好像在流泪，也好像在流血。

十二

县委书记艾保山调到地委任专职常委的事儿，是昨天晚上才定下来的。夜里九点多，县委办公室突然通知召开由全县科局级单位一把手以上的党政干部参加的大会。对于参加会议的这些人来讲，他们似乎已经总结出了一个规律，那就是只要是召开党政干部大会，不是调整通天县的书记、县长，就是在科局级干部的一把手当中推荐副处级人选。对于召开这次会议，人们并不感到意外。

早在三个月前，县委书记艾保山就根据省里通知，赴中央党校市（县）干部培训班学习了两个半月，县政府的W县长在全面主持县里工作期间，从说话的口气到讲话的狠气，与以往相比，简直来了一个一百八十度的大转弯。光这不说，W县长在多个公开场合再也不称艾保山为艾书记了，而是直呼其名张口就来。有时候对过去的工作和艾保山的为人也敢于直言不讳地加以评价。更为直接的是，W县长在一次饭局上，竟然说省委让艾保山去中央上党校，是出于对他本人即将担任县委书记之前的一种安慰，一旦学习结束，艾保山就到自治地委人大或政协报到，最多提个人大常委会副主任或者政协副主席。现在就要开会了，与会人员没有过多地猜测，按照W县长的分析和推断，估计摆在艾保山面前的出路，大概就是这个样子，同时也估计 W 县长接任县委书记一职算是木已成舟、势在必得的事情了。

参加会议的人员很快到齐，一辆辆小车子疾驰如飞在前往定子河水库那条马路上，一道道灯光划破了寂静的夜空，使隐没了月光的满天繁星也顿时暗淡了许多，由此足以看得出人们对今天晚上的会议没有丝毫的马虎。

这个能容纳两百多人的会议室里灯火通明，只见刚才在主席台上落座的来自地委组织部的那几张陌生面孔显得一脸庄重，艾保山虽然尾随其后，但是令人意外地坐在了事先为他预留的中间位置上。他那非常谦逊友好的样子，顿时引起了台下的一片议论。坐在台下第一排中间位置的 W 县长同样感到今天的会议有些破例和反常，一时半会儿无法明白这种座次上的安排究竟是出于什么目的。

W 县长的心跳好像有些加快，脸上的肌肉在紧张中也有些抽搐了起来。他突然感到艾保山今天的职务安排可能不是他过去想象的那个样子，更权威更实在的权力攀升也许是今天会议的主要内容。W 县长过去从来没有这样分析过，一种他极不情愿看到的局面可能马上就要成为现实。现在的他，不仅仅是紧张，更关键的是害怕。回顾刚刚过去的这三个月，他 W 县长连自己也不知道私下叫了多少次艾保山，也不知道公开说了艾保山的多少坏话、拐话，甚至恶话、狠话。如果他不愿看到的这种现实真的出现在白纸黑字的红头文件上，他 W 县长即便今后接任县委书记的职务，恐怕也会有穿不完的小鞋，他那条在以往夹不起来的大尾巴，纵然夹起来了，身居要职的艾保山也绝对会不屑一顾。现在的W县长感到全身燥热了起来，脸上的汗珠子也随之一滴一滴地掉在他双手支撑着的那个会议桌上。

会议并没有随着W县长的心绪而延迟召开时间，主席台上那位来自地委组织部的同志敲了两下话筒之后，开始了今天的会议。

会议的第一项议程，是地委组织部一位领导级的同志对通天县的三个文明建设成就进行总结和评价，然后接着肯定了艾保山这几年来为通天县社会进步和经济发展所做出的特殊贡献，要求全县人民继续在县委的领导下，为建设更加美好的通天县再做出新的更大的努力。

与会的同志们把这个讲话一听，心里都有八百五了，不约而同地认为艾保山这次肯定要走上更加重要的领导岗位了。在接下来的会议议程中，果然不出所料，省委决定艾保山同志任自治地委常委兼通天县委书记，同时，W县长调至自治地委水文局担任局长职务。台下顿时响起一阵长时间的掌声，为通天县能走出这样一位领导干部并能够留住艾保山这样的领导同志，保持工作的稳定性和连续性感到由衷的拥护和高兴。最后，W县长做了简单表态之后便结束了今天的会议。

夜半时分，艾保山叫去了王正良，给他下了一个让他吓得尿能把裤子打湿的建设任务。

艾保山对王正良先是客气了一番，说是一结束会议就把他叫来，半夜三更的耽误他的休息时间，心里觉得不忍。王正良说："领导深夜还在忙工作，我们不休息就不算什么了，更何况您已升任自治地委常委，能单独召见我，我心里感到受宠若惊，很荣幸，有什么指示，请吩咐。"

艾保山一听哈哈大笑，站起来拍了拍王正良膀子，然后竖起大拇指，连说王正良有出息，好样的。

王正良有些脸红，心切地等待着艾保山发话。

"正良啊，我想给你压一个更重的担子，让你再挑一挑，怎么样？"

王正良一听，心里一蹦，暗自嘀咕：莫非要提拔我？接着灵机一动地说："请您指示，我听您的！"

"好哇，那我就直说了。最近我们县里招商引资工作取得了重大突破，经过几个回合的谈判，海山建材集团已经看中了我们这里的方解石资源，准备投资十亿元进行深度开发，建成光学玻璃、高品位装潢石材两条流水生产线。预计建成投产后，实现年利税收入四亿元以上，提供就业岗位一千大百个以上。"

说到这里，艾保山欲言又止，注目观察着王正良。

"这不得了，是个天大的好事！"王正良肯定地回答。

"好事是好事，就是对方要求我们配套建设一条2.5公里的专用公路和一座800多米长的桥梁。你知道的，县里哪有钱啊，就算是求爹爹拜奶奶，东借西凑也没办法来搞这个需要投入三千多万资金的工程。"艾保山叹了一口长气之后，又把目光集中到了王正良身上。

王正良目瞪口呆起来，不知怎样回答。

"你最使我中意的就是精干、灵活、办法多。你当局长以来，好像什么困难都没有难到过你。"艾保山乘势而上，赶紧补了一句。

"艾书记呀，修米业大道的几百万块钱我们刚刚还清，您莫说三千万块钱，就算是三百万块钱，我脱裤子卖也没办法呀，我的爷啊！"

艾保山从王正良这句话里听得出来，现在的王正良畏难情绪非常大，来硬的不行，只有抓住王正良服软不服硬的性格特点，采取"猴子不跳圈，多敲几遍锣"的办法，慢慢地给他上劲。

"昨天地委常委召开常委会，专门听取了你们的顶头上司、地委交通局局长的汇报，从汇报的情况看，地区各县的交通工作，唯独我们通天做得最有起色。"艾保山的眼睛直溜溜地盯着王正良，"你过去的那些办法很管用，是其他县交通局局长不会搞、学不会的办法，只有你王正良有这个脑袋，不仅思想在别人的前头，而且工作也在别人的前头。人才呀，真是人才呀！"

经艾保山这么一夸，把一向禁不起表扬的王正良夸得云里雾里，连一句嘴也还不上，看着艾保山直发愣。

"正良啊，我们即将引来的这个海山集团，一旦落户通天，可以说是一个具有划时代意义的，是惊天动地的，前无古人、后无来者的大好事。如果你和交通局的同志们把这条路和这座桥建设好了，岂不是通天经济发展史上的重要里程碑？在这座里程碑上，记载的将是你和交通局的功劳，任何时候，人们不会忘记，历史更不会忘记。你说是吧？你是个聪明加能干的人，我相信我说的这些，你是绝对听得进去的！"

王正良见身为自治地委常委的艾保山在上任伊始的第一个夜晚，就把话说到了这个田步，于公于私，于情于理都不能使他王正良来讨价还价，他只好硬着头皮，拍响了他的胸脯："艾书记，请您放心，士为知己者死。冲着您上面说的这些话，我就不顾一切地豁出去了，到省交通厅打扫卫生、提开水，我就不信感动不了他们。到时候，我不把这一路一桥的项目计划文件拿到手，我就不回来见您！"

王正良，这个血气方刚的汉子，终于把话说到艾保山的心坎上去了，艾保山一脸感动，眼泪都只差要掉出来了。此时，艾保山再也无话可说，站在王正良面前，双手握住王正良的手："正良，你有骨气，更有能力，我老艾拜托你，也感谢你了，我今晚一定能睡一个好觉，也一定能做一个好梦了！"

说罢，艾保山深情地做了一个示意王正良回去的手势。望着王正良的背影，艾保山似乎额外增加了几分对王正良的信任。

十三

　　2005年的夏天似乎要比往年来得早一些，天子桥施工工地上的工程技术员和民工们一个个累得、晒得汗流浃背。这是王正良去年下半年在省交通厅软磨硬泡争取回来的一个路桥建设计划。这个包括引桥在内的长达一千一百米的双向四车道的路桥工程，成为通天县有史以来跨度最长、投资最大、推动经济发展意义最为重要的头号工程。从今年元月到现在的6月，王正良几乎每天都要去现场查看工程进度和质量，有时候还抽出专门时间到工地上，身体力行地给日战夜突的同志们以精神安慰和鼓励，由此增加了同志们实现年初提出的当年开工、当年竣工通车的信心和决心。

　　上午时分，刚刚接任W县长职务的F县长的秘书给王正良打来电话，说是F县长和几位人大代表马上到施工现场视察工程进展情况，要王正良到现场做好陪同视察和专题汇报的准备。王正良告知F县长秘书，说自己现在就在天子桥施工工地上，欢迎县长和人大代表们前来检查指导工作。秘书将这一情况转身报告给了县长，谁知初来乍到的F县长极不高兴地丢下一句话："在现场怎么了？这有什么了不起的？"然后扭头对随身左右的几位人大代表说："我过去在其他地方担任县委副书记的时候，天天都在底下转，老百姓的狗子见到我就摇头晃脑摆尾巴，双目失明的瞎子听到我的声音就知道我是谁。这不，我上任伊始，就请县人大代表监督我的工作，让大家到乡村、到工地、到一线来检验我的工作作风究竟扎实不扎实。"F县长的一席话，说得大家竖着大拇指连连点头称是。

说着笑着，这辆满载着F县长和人大代表的考斯特中巴车，不知不觉地便到了郊区的"天子桥"施工工地。

车子停下，F县长习惯地从上衣内兜里掏出一把小木梳和一个比巴掌还小的镜子，一边照着自己，一边用小木梳整理着自己稍微有些凌乱的头发。片刻之后，司机按下电动门按钮，F县长见车门打开，站起身子，双手又交叉在腹部的位置，笑容可掬又带有几分严肃地走下车去。

戴着金黄色安全帽的王正良赶紧恭迎上去："F县长好，代表们好，欢迎前来检查指导我们的工作！"

"什么？你们的工作？交通局归哪个管？你把县政府放在哪里？"王正良话音刚落，F县长就连发四问，首先给王正良来了一个下马威，顿时弄得王正良全然不知所措。

王正良赶紧采取灭火战术，急中生智："哎呀，F县长，这是我最不好的一个习惯，平时'我们这，我们那'搞习惯了，一不留神就溜出来，其实我打内心里晓得，县委是交通局的爹，县政府是交通局的妈，交通局是县政府的职能部门，交通局的一切，包括我在内都是县政府的，都是您管的，因为没有县政府，便没有交通局。"

王正良的这种化险为夷的灭火战术，一下子挽救了刚才的尴尬局面，可谓灭得恰到好处，灭到了F县长的心坎上，使攥着拳头，为王正良捏了一把汗的人大代表们，深深地松了一口长气。

伸手不打笑脸人，F县长总算是讲了那么一点点面情，见王正良的话说得如此中听和顺耳，脸上终于露出了一丝笑意。

"走吧，咱们去看看。"F县长若无其事地用手指了指前面。

王正良顺手拿起一顶安全帽："F县长，请把帽子戴上，这是我们平时专门准备的。"

"什么？我的帽子是你管的？"

"不不不！F县长，我的意思是，为了您的安全，到工地的时候，需要戴上安全帽！"王正良吓得战战兢兢地说。

"尽搞一些形式主义，你以为你在我面前戴着安全帽，就会给我留下你在一线工作的印象吗？"F县长接着提高嗓门，"关于这个印象问题，不是靠一次、两次留下来的，是要靠日积月累，长年累月才能积累起来的。"F县长放慢脚步，环视左右，征求意见式地问道："大家说是不是啊？"

听罢F县长的问话，大家不由分说地交口称赞。此时，F县长犹如春风拂面，悠然自得地站在大桥的中心位置，向四周环视，王正良抬头望去，只见此时的F县长双手叉腰，昂首挺胸，像一位巨人傲视着脚下的一切；那凝重的表情更像战场上的将领，正在指挥着一场势不可当、务必取胜的战斗。

F县长站在那里始终没有说话，直到他的秘书喊了他一声之后，他好像才回过神来。这时，他迈着沉重的步履，缓缓地从高处走到低处，然后走到一直巴望着他说些什么的王正良的面前，用非常友好的手势，拍了拍王正良的肩膀："王局长和大家辛苦了哇！"接着看了看周围的人大代表，"你们准备何时竣工通车呀？"

"我们年初制定的工期是十个月，现在已经快到 7 月份了，我们想再用三个月的时间，向国庆节献礼！"王正良斩钉截铁地答道。

"那好哇，今天你当着我和人大代表的面表决心了，那就要按照这个决心做给大家看。"说到这里，话锋一转，"如果到时候兑现不了你今天的诺言，那你就吃不了兜着走，干脆到粮食局当局长算了！"F 县长说这句话的时候，面无表情，甚是严肃，使得王正良一时不知如何回答是好。

王正良不懂 F 县长叫他去粮食局的真正含义，只好顺水推舟地说："按说粮食局这个单位还好，职工吃饭没有大的问题，工作也没有什么风险。反正现在交通工作也难搞，如果县长研究决定了，叫我去那里，我就去那里。"王正良极其认真，一本正经地回答着 F 县长的问话。

"你真以为叫你去那里当局长吗？我是专门刺激你的。实话告诉你，我说的粮食局局长，是指那些只会吃饭不会干活的人。如果这座桥不能按时通车，你说你是消干饭的，还是管消干饭的。"

听 F 县长这么一说，王正良顿时犹如醍醐灌顶，他怪自己一憨二笨三迟钝，在近乎自己打耳光的 F 县长话语面前，竟然还找不到东南西北。

王正良现在有些气愤，尽管不敢暴露出来，但在心里表现出了对这位县长大人的极度不满，他在想，从今天一开始，F 县长的所有言语，在他面前几乎都是公一伙，母一伙；阴一句，阳一句；高一声，低一声。堂堂硕士研究生县长，没想到在素质上与王正良的心理需求存在这么大的差异。你尊重他吧，他好比狗子坐轿子——不识抬举；你不尊重他吧，他又是你名副其实的上级领导。面对这位难以应对和难以侍候的官老爷，王正良大有左右不能和进退两难之感，以后的时间还长，路还远，F县长才上任一月之余，如果真是等到他当完了五年县长再当五年书记，那非把他王正良折腾成神经病不可。

王正良联想起一个月前的那次大会上，F县长的简历和学历尤为令人咋舌：五岁上学，十四岁完成义务教育，到二十四岁时，读完高中修完专科、本科和研究生等全部高等学历，现在取得了双硕士学位。王正良想不通，你说人家爹妈生的娃子怎么脑壳这么聪明绝顶的。人家十八岁参加工作，一边读书一边只用了四年时间从科员到副处，实现了职务三级跳。唯一美中不足的是组织上让他在副县长的岗位干了五年，接着又在副书记的岗位上干了六年，三十五岁的时候，人家"宁当鸡头不当凤尾"，自告奋勇到一个只有八万多人的自治县当起了县长，一举成为实实在在的地方政府一把手。现在时光荏苒，他被任命为通天县这个六十万人口的地委管县的县长。

对于这种起步早、学历高、有胆识、提拔快的情形，王正良是可望而不可即的。这些年来，王正良像头黄牛一样，只拉车不看路，对领导的那些"哑迷子"话，只会顺着听，根本不会跳起来用第三只眼睛看，更不会用第三只耳朵听，没有一丁点逆向思维的意识和反应。王正良想不通，类似F县长这样的人是怎么在职务上突飞猛进的。对于这个问题，有的说这种人会跑会送，会找会要，投机取巧，无所不能；有的说这种人的妻子善结友缘，能够在上级领导甚至上上级领导面前左右逢源，八面玲珑；有的还说这种人还可能是官二代，老爹的基础打得牢，众星捧月，势在必成。最后不管怎么说，归根到底，是人家上去了，大踏步地前进，而你不是原地踏步，便是蚂蚁走路，十年磨一剑，尚无用剑之处。每当王正良想到这些，非怄即气，但是怄气之后，该去干什么还是干什么，并不影响他次日的工作和情绪。

　　看现在的样子，该到王正良汇报工作的时候了，走进指挥部办公室，刚刚脱下安全帽，不料F县长毫无征兆地丢了一句话："小王啊，今天就不听汇报了，刚才该看的也看了，该说的也说了，工程上的大体情况，我已看出几分，现在我们就撤，等到国庆节了，我们在通车仪式上喝你的庆功酒！"

　　F县长说时迟，那时快，生怕太阳晒干了他那湿透的衣衫，一屁股钻进那辆考斯特中巴车，将手伸出车窗，在行进中向王正良致意。

　　今天的王正良，心绪难平，F县长阴晴不定的样子，让他感受到一座无形的大山，重重地压在肩上。

十四

仲夏的晚上格外闷热，劳作了一天的人们有的紧闭着门窗在家里吹着空调，有的牵着孙子在公园和广场里转悠。川流不息的汽车配上毫无节制的鸣笛声，让这座县城显得更加烦闷。

在王丫头开设在开发银行内部食堂的那个馆子里，王丫头招来刘改常和李二猴子，他们酒过三巡之后，开始密谋策划起了一桩不可告人的行动计划。

说起王丫头、刘改常和李二猴子，他们可谓同流合污、臭味相投。他们同年实施犯罪，同年被判刑入狱，又同年刑满释放回家，有着共同的爱好、共同的经历和共同的语言。

今天晚上，王丫头作为他们的老大，首先提出了实施这个行动计划的主导性意见："现在老子们已经山穷水尽，只差把喉咙管子扎起来了，你们说怎么办？"

刘改常和李二猴子异口同声地回答："我们听大哥的，你说咋办就咋办！"

"好。老子们不愧为铁杆弟兄，一个战壕的战友。我现在说了，你给老子听好，老子们要去悄声无声地干一场惊天动地的计划！"

"什么计划？真的惊天动地？"刘改常和李二猴子一听到

"惊天动地"几个字,心里就有些发怵和害怕。

"你看你们两个没的用的样子,老子的话还没有敞开说,你们两个就吓得缩成一团了。"王丫头停顿了一会儿,"老子今天打开窗眼子说亮话,这件事老子是铁了心、钉了钉的,你们搞也得搞,不搞也得搞,不然的话,老子不挑断你们的脚后筋,让你们回家永远哄孙娃子了算是个稀奇!"

王丫头越说越硬,使刘改常和李二猴子没有一丝的退路。

"我们听大哥的,我们听大哥的!"

"既然说听老子的,那就必须按老子说的去做。如果哪个通风报信或者有什么闪失的话,老子真的是不会客气的!"王丫头说到这个时候,伸出右手,突然向他面前摆的那张桌子上狠狠地一捶,"听到没有?"

"听到了,听到了。"刘改常看了一眼李二猴子,"大哥,我们现在等你发话,听你的指示。"

"好!"王丫头站起身子,接着又在桌子上狠狠捶一下。

"刘改常!"

"到!"

"你负责准备两根尼龙绳子和一条麻袋,还有一条毛巾,半小时之内给我赶回来,交我验货!"

"好,绝对没问题!"

"二猴子!"

"到!"

"你马上到街上买一把钢丝锁回来,然后把我这个馆子的地下室收拾干净!"

"好,我现在就去!"

二人离开之后，王丫头拨通他老婆的电话：

"我在旅行社已经为你订好机票了，你这几天去九寨沟和黄果树瀑布玩一圈，等我这段时间把馆子重新粉刷好了你再回来。儿子上学的事，我已安排好了，每天有人接送、送饭、洗衣服。另外给你准备了两万块钱，你就放心地去玩，到时候，我亲自手捧鲜花到机场去接你。记住，在外面千万不要背着我玩小白脸哟！"

"去你的！你又在放我的鸽子。老实交代，你准备和哪几个狐狸在一起鬼混？"

"不会，不会。糟糠之妻不能欺。你是原配，你就是老大，我哪敢背着你玩小三！我是心疼你，你跟我一场，吃了这么多年的苦，受了这么多年的罪，守了七八年的活寡，你说我不应该有这点最起码的良心吗？好了好了，还是那句话，你就放心地出去玩吧！等到我手里这桩生意做好了，保证叫你天天吃香的，喝辣的。现在就说到这里，机票马上给你送来，祝你开心，祝你平安，拜拜！"王丫头做了一个飞吻的手势挂断了电话。

王丫头的老婆说王丫头是在放鸽子，不能说没有道理。其实早在昨天上午，王丫头就已盘算好了，无论如何也要让他这个老婆闪到一边去，一来可以避避她问长问短，多管闲事；二来可以避免他们实施这个行动计划时，他老婆担惊受怕；三来怕事情搞砸了，警察会连他老婆一起逮，到时候鸡飞蛋打了，赔了夫人又折兵，上学的儿子也没有人管了，那才叫糟糕。因此，不如来个轻装上阵，无牵无挂，一锤定音，一气呵成。

想到这里，王丫头笑了，笑得是那样的狰狞。

刘改常和李二猴子，唯恐怠慢，很快完成了各自的任务，分头向王丫头报到。王丫头倚靠在那把老板椅上,问道:"都准备好了?"

"老大,都准备好了!"

"那我现在正式向你们下达行动命令。"

"大哥请讲!"

"今天晚上9点前后,你们二人负责在县交通局守候,等王正良从办公室走出大门的时候,立即用毛巾把他的嘴捂上,然后装进麻袋,放进你们事先开去的吉普车后备厢里,直接拖到我这个馆子的地下室里。记住,行动的时候,手脚要快,用力要猛,如果遇到反抗,就把他击晕。"

刘改常和李二猴子站在那里,立即做了一个立正的姿势,大声答道:"是!"

王丫头顿时火冒三丈,看了门口,压低嗓门骂道:

"小点儿声!你们两个生怕外面不知道!"

刘改常和李二猴子迅速低下了头,任凭王丫头的训斥。

"我跟你们说,王正良白天上工地,夜晚喜欢在办公室加班看文件,处理公务。差不多晚上7:30进办公室,9点多钟从办公室回家休息。你们去守候的时候,只能提前,不能晚到,如果放空了,老子要你们的命!"

"知道,大哥!"

"还有,如果有人陪他一起走出办公室,你们要快步上前,一个人负责收拾王正良,一个人负责把那个家伙往死里整。总之一句话:你们今天只能成功,不能失败。我已打听好了,王正良他今天没有出差,上午在县里开会,下午说要陪上级来客,你们要趁他晚上酒后半醉不醉之时一步到位,一伙搞定。把他弄到我这馆子的地下室以后，捆住他的双手，用伤湿止痛膏封死他的嘴巴，再用链子锁把地下室的铁门锁好，叫他这个王八蛋喊天天不应，叫地地无声。然后老子给他一本信笺纸和一支笔，等到他啥时候给老子批几个两千万以上的工程条子，并且把保证书写好了，老子再给他放出来。否则，老子先给他剁掉一个手指头，让他尝尝老子的厉害！"

"如果他出来后报案咋搞？"李二猴子胆战心惊地问。

"老子量他没的这个胆子，不然的话，老子连他老婆、娃子一起整！"

说到这里，李二猴子始终不敢相信这是真的，更不相信这次行动会成功。

王丫头不知道李二猴子的思想开了小差，也不知李二猴子打着另外的算盘，他一直沉浸在胜利的喜悦中，用即将到手的那笔极其可观的人民币正在规划着他的美好未来。

按照王丫头的计划安排和最高命令，刘改常和李二猴子各自回到自己的家里，为了在晚上的行动有足够的精力，简单地扒了几口饭之后，开始睡起觉来，所不同的是，一向吃得睡得的李二猴子躺在床上，翻来覆去怎么也睡不着。联想到他的八年监狱生涯，使他吃尽了苦头，受尽了洗礼，家庭解散了，老婆跑掉了，唯有一个三岁的儿子，跟着他的老娘艰难度日。八年过去，老娘已苍老得生活不能自理了，十一岁的儿子也变得性格孤僻、不合群。如果他李二猴子再把握不好人生的道路，再有第二次的牢狱之灾，会连老娘去世时的一眼也看不到，到那个时候，谁来照顾孩子，孩子会变成什么样子，恐怕谁也说不准。最起码的结果是，只会变坏，不会变好。真是到了那个时候,他李二猴子活在世上还有什么意思?何况我与王正良这位公职人员,一无冤二无仇,凭什么去绑架人家?更何况王丫头想的尽是好事,怎么就没有想到一旦事情搞砸锅了,会承担何等的刑事责任呢?算了算了,老子李二猴子只能当一次劳改犯,绝不当第二次劳改犯,宁愿饿着死,也不偷着生,老子凭什么要听王丫头的?老子干脆洗手不干了。说洗手,就洗手,老子现在就设法查找王正良的电话,告诉他王丫头想勾结和纠集他人绑架他,让他有所思想准备,帮他躲过人生的这场劫难。

半小时后,王正良果真接到了李二猴子打来的电话:

"喂,王局长吗?我是街上的李二猴子,现在我有一个重要的事情告诉你。"

"什么事?什么?哪个李二猴子?"

"我大名叫李风云,我长得瘦,像个二猴子,所以他们就给我起了个'李二猴子'的外号。"

"哦,你好,你说有什么事?"

"王局长你今晚上千万莫到你们局里办公室去。街上的王丫头,你可能听说过他,他叫我今晚上和另外一个叫刘改常的人来绑架你。你听我的,你今晚待在家里哪里也莫去。"

"他为什么要绑架我?"王正良有些迫不及待而紧张地问。

"王丫头说,你是县交通局局长,手里管着全县每年数以亿计的路桥建设工程。他说把你绑架起来后,把你关在开发银行食堂地下室里,给你一些笔和纸,直到你给他批几个千万元以上的路桥工程项目之后再把你放出来,如果你出来向公安局报案,他会把你的家人往最坏的地方整。如果我和刘改常今晚上不把你绑架起来,他就挑断我们的脚后筋。现在我是冒着生命危险向您通风报信的。您千万不要说是我告诉您的，不然的话，我的后果不堪设想。不过，今晚上我还是要假装和刘改常去绑架您，等到晚上扑空了，我和刘改常一同回他那里，就说您今晚没去办公室，没有抓到您。"

　　李二猴子在电话里和王正良说了这番话，使王正良半信半疑地改变他今晚上到办公室阅文、看报纸的习惯，打算在家里静观其变。

　　夜晚时分，街上的行人和车辆穿梭个不停，李二猴子和刘改常如期来到县交通局大门阴暗处守候王正良，刘改常全然蒙在鼓里，还时不时地提醒李二猴子注意发现目标。为此，李二猴子在心里闷笑，认认真真地玩弄着立功心切的刘改常。因为王丫头今天在安排这个行动计划时说过，如果今晚的事搞定了，给他们每人发五万元钱的奖金。刘改常一直怀着窃喜的心情，等待着太阳的下山和猎物的到手，仔细地盘算着五万元钱的用处和开销。说起这刘改常，现在吃的没吃的，穿的没穿的，平时寄人篱下全靠王丫头把自己不穿的破旧衣服给他，撇开好吃懒做不说，这刘改常也算是蛮可怜的。今天好不容易遇到一个发财和改变命运的机会，他希望一战成功，然后卷被窝走人，远走他乡，带着老婆娃子过一段无忧无虑和比较惬意的幸福生活。此时刘改常如进入梦幻一般，所想象的一切，都是那么美好和快慰。

　　眼见八点、九点、十点过去了，振动的手机，隔三岔五地显示王丫头的询问短信，遗憾的是，猎物一直没有出现。

　　夜晚十一时，气不打一处来的王丫头干脆打来电话，问刘改常和李二猴子现在是什么情况，刘改常说未见目标，仍在守候。谁知王丫头大发雷霆:"都给老子回来,老子算你们的总账!"

　　刘改常和李二猴子顿时面面相觑,只好刀枪入库,马回南山,回到王丫头那里,去等待他那残酷无情的惩罚……

十五

县交通局有个历史习惯，凡是机关里的同志们过生日，大家采取"抬石头"的办法，每人出资十元钱，凑起来后给过生日的人买几样东西。今天是王正良的生日，同志们自然要像往常一样，先凑钱，再买东西，然后找一家小饭店因陋就简地撮一顿。今天上午，王正良到局里把当天要紧的几项工作安排后，叫司机开着车出门，意思是想回避今天的这个活动。因为去年他在这个问题上吃了一个大亏，缘由是交通局所属的路桥公司副段长王子江一直想在职务上升一级，多次向王正良表达了这方面的愿望，并且想通过地委办公室的一位科长给王正良送两万元钱。王正良认为仅就王子江的人品和素养来说，根本就不符合提拔的资格和条件。有一天，王正良专门找到王子江，对他提出了三点要求，一是目前提拔的时机和条件还不成熟，今后还要在努力学习业务知识，提高业务本领的同时，学会处理人际关系，与同志们搞好团结，做一个个人有本事、政治靠得住、组织信得过、群众无意见的好干部。否则，过不了群众这一关，民意上不去，即便是职务上去了，也是不服众的。二是送钱不是进步的办法，有的领导爱这一套，而有的领导则讨厌这一套，钱这个东西可以盘活一个人，但是盘活不了一片人。

关键问题是要赢得群众的赞同和认可。三是我是一个直来直去的人，谁能搞工作就用谁，不喜欢投机钻营和走上层路线，只要能把工作往好处搞，我绝对不会埋没人才的。一席话，把王子江说得脸红脖子粗的，最后，灰溜溜地走出了王正良的办公室。就是这次谈话，算是彻底地得罪了王子江，从此他记恨在心，恨之入骨。而此之后的王正良把与王子江的这次谈话早已甩到了脑后，但是王子江在心灵深处总想找机会对王正良实施报复。

当年7月25日，王子江报复的机会终于来临。那天机关上的同志每人凑了十元钱，除了买了一个生日蛋糕和一条裤子之外，当晚在一个农家饭餐馆用凑起来的余额，在里面摆了一桌简单得不能再简单的席面。谁知王子江当天一直在打听和盯梢这个聚会，次日，他把点"生日蜡烛""唱生日歌曲""喝啤酒"的场面不知怎样拍下来的，冲洗放大之后，用一信多投的形式，把王正良借生日之机大肆敛财的举报信分别寄到了省委、自治地委和通天县三级纪委，说王正良生日当天，摆宴席三十桌，收受礼金近三十万元。省纪委和自治地委纪委陆续将这封举报信批转到县纪委，要求立案调查，速报结果。一时间，弄得王正良满头雾水，前前后后查了半个多月，时间、地点、人物、事件、人证、物证取了一大沓，结果查了个子虚乌有。

自此王正良吸取了教训，明确规定自己和班子成员今后过生日时不再搞什么聚会。因此在今天，王正良他必须采取三十六计走为上计的策略，直接回到距县区二十多公里的老家，独自到父母坟前转了一圈。他转一圈的目的，是想表达他对父母的哀思。这些年来，他几乎每年都这样做，为什么呢？因为他知道在他呱呱落地时候，最痛苦的是他的母亲，最着急的是他的父亲。有一年生日当天，他在父母坟地转了一圈之后，想起先一天晚上做的一个梦，他在梦中专门给他的母亲写了一首长诗，看得出来这首诗里溢满了他的泪水。今天，王正良仍完整地记得这首诗的内容，他一边烧着纸钱，一边朗诵一年前的今天写的《母亲二十二周年祭》这首诗：

母亲
您在哪里
我拿着一张地图
把整个世界找遍

母亲
您在哪里
我用沙哑的声音
拼命地向您呐喊

昨晚
我终于在梦中
在梦中与您相见
那是我穿过茫茫林海
来到那个山峦

山峦像一把古老的太师椅
您安详地坐在上面
我看见左边不远

无悔的真诚

是一口蓄满山泉的大堰
我发现右手旁边
尽是麦浪滚滚的万顷良田

我眺望前方
松涛拍浪
鸟语花香
一派风光无限

然后
我虔诚地跪在您的面前
激动地告诉您
母亲
我来看您了
您瞧
我还给您送来了这些纸钱

这个时候
您用双手捧着我的脸
惊异地问我
孩子
你长大了甚至有些老了
怎么一晃便是二十多年
这些年是怎么过的
摔跤了没有

害病了没有

我说
曲折的路上
磨泡了脚板
风雨之中
把我的意志历练

当时您舒心地笑了
您说
孩子
就这样走下去吧
避暗礁
过险滩
乘风扬帆莫回头
劈波斩浪奔彼岸

说到这里
我想偎在您的怀抱里
尽情享受母亲的温暖
谁知您无情地把我推开
挥手向我告别
对我把江山指点

此刻

无悔的真诚

>我放声大哭
>不禁以泪洗面
>不顾您的离去
>拼命地把您呼唤
>
>突然
>一阵雄鸡高唱
>使我从梦中醒来
>哦,已是黎明时分
>
>我记着您的嘱咐
>赶紧披衣启程
>走向崭新的一天

烧完纸钱,朗诵完这首诗,王正良又想起了他在神龙山镇担任党委书记时写的那首诗。那是一年冬天,他和镇长带着办公室和民政上的几位同志顶着鹅毛大雪给贫困户送大米和过年物资的情景。在这首诗歌里,王正良惟妙惟肖地描写了他与山区老百姓的情感。记得他担任党委书记的那几年,他围绕发展山区经济、促进山民们脱贫致富,在每个村里亲自开过两至三次村民大会,在不下于八十户老百姓家里住宿过,座谈走访的老百姓不少于五百人。还有在他坐着小车下乡的时候,至少有一百名老百姓搭过他的顺风车。所以到了现在,他依然能把《雪地里的小孩》那首诗清晰地背诵下来:

>厚茸茸的雪地里
>摇晃着一个小孩的身影

飞雪
染白了他的头发
啸风
把他的嫩脸吹袭
身穿纸一般的寒衣
背着山背篓
走在吱呀作响的冰封雪地

他的热能
纵然只有维持幼小生命的热能
却从心灵深处
向浩瀚的乾坤释放着融化冰雪的热气

孤独的孩子
你是谁
你从哪里来
又往哪里去

别问我是谁
我是山的后裔
我从山里来
再往山里去
知道吗
山为我所依

无悔的真诚

我为山所需
别说我孤独
天地与我做伴
风雪为我作曲
高山炼我意志
跋涉助我呼吸

别浪漫了孩子
这风这雪这天这地

笑话
自古隆冬多雪地
踏被冰雪即壮举

我心疼你
想收养你当我们的儿子
把你带到县井
享受人间的灯红酒绿

算了
我是山的后裔
既然从山里来
就得往山里去
山的后裔
离不开风雪天地

因为

这雪是我的帆

这风是我的力

这天是我的礼帽

这地是我的根基

祭祀完毕，王正良走在下山的路上，一阵电话铃声，止住了王正良对父母的思念和追忆，打来电话的是局办公室刘静主任，说是今天同志们已把为他过生的心意准备好了，不管王正良今晚是否回到局里，今晚的活动是要照常举行的。王正良撒谎说他在通天县的邻居县宝康县交通局的长平交管站学习考察基层管理工作。他之所以说出"宝康"和"长平"两个地名，是想为他今天的生日带来一点吉祥。"宝康"即取永葆康健之意，"长平"即取长命平安之意。刘静不相信，一听就能猜出王正良是在撒谎，干脆喊了一声："哥哥，奉劝你不要说白话不打草稿了。"哪知，刘静喊哥哥的时候，被刚进门的局财务科科长章海艳听到："什么，哥哥？你自家没有哥哥，你在喊谁哥哥？"

章海艳这么一问不打紧，没有任何思想准备的刘静顿时乱了思路，接着顺答："王局长是我哥哥！"

章海艳一听哈哈大笑，然后半掩着嘴巴，低声对刘静说："静静，千万不要把王局长当成你情哥哥了哇！"

"去你的，是你的情哥哥还差不多！"然后低头自语，"我从来没跟王局长开过半句玩笑，只有你跟王局长相配。"

"胡说，我刚才亲耳听见你喊王局长喊哥哥了的，天知地知，你知我知，随你咋狡辩也不能否定！"

"我的姐姐,莫说了好吧?"

"我刚才确实一不留神喊了声哥哥,但确实是无意的,请你替我保密,到此为止好吧!不然的话,本来我们没的什么特殊关系,如果传出去了,全系统一千七百多人知道了那可是不得了的啊!"

"晓得晓得,我是逗着我妹妹玩的,何必这么紧张?"章海艳很友好地丢下这句话,做了一个飞吻动作,离开了刘静的办公室。

晚上,王正良经过一番纠结,还是来到了同志们事先准备的聚餐的地方,特意叫来了王子江,请他一起聚餐。王正良想以思想政治工作的方式,除了增加透明度之外,就是把朋友搞得多多的,把对立面搞得少少的。只有这样,才能封住王子江的嘴。落座的时候,王正良专门让王子江坐在自己的身旁,特别说明今晚的活动内容,待各人面前的酒杯都斟满之后,王正良慷慨而直爽地邀请王子江和大家一起喝下了各自面前的那杯酒。

聚会的同志们见王正良不计前嫌的大度气量,既为王正良去年的今天鸣不平,又为王子江在去年的今天的行为而耻辱。看着王正良若无其事的样子,除了说不出的难过,还有说不出的高兴……

十六

省研究室的匡主任的老表王大艮今天专门到王正良的办公室给他表示了两万元钱，说是他的老表本来要专门过来拜访的，由于工作忙，走不开，才让他直接代替转手送来。王正良问这两万元钱向他表示的是什么意思。王大艮说，"你心里知道的"。王正良说，"我真的不懂"。王大艮干脆直接说，"我以后想到通天县的交通上做点活儿，我老表和我都想请你照顾下"。王正良说，"交通局下面有一个专门修路架桥的公司就是搞这个事的，你来修路架桥了，他们去搞啥子？"一番话，说得王大艮不知道怎么回答。哪知道半小时之后，王大艮离开了王正良的办公室，给他的老表匡主任打了一个电话，如实地汇报他和王正良对话的内容。匡主任听了有些恼火，干脆直接给王正良打来了电话：

"王局长吗？不就是两万块钱吗？是少了还是多了？如果多了，以后出了事我负责到底。如果少了，我下次回来再给你加两万块钱！"说罢，匡主任就毫不客气地挂断了电话。

王正良面对此情此景，一时不知道怎样是好。不收下这两万元钱吧，与匡主任的感情过不去，收下这两万元吧，绝对不仅是违纪的，而且是犯罪的。王正良无奈之际，干脆叫来财务科科长，把这两万元钱收下，并给自己出了一个临时收据，以便以后退给王大艮时人证、物证俱在。

王正良的这个权宜之计无疑是个既能摆平匡主任、又能打发王大艮的好办法。把两万元钱交给财务科科长章海艳的时候，王大艮并不知道，但是为了让第三人知道此事，王正良特意让办公室的尹副主任参与了这个过程。王大艮以为王正良真的收了他的钱，不管怎样也是个"把皮"捏在他王大艮手里，所以他以为自己大功告成，离开王正良办公室的时候，几乎是哼着小曲走出去的。自此以后，王大艮隔三岔五地来找王正良，那若无其事和趾高气扬的样子让王正良难受极了。王大艮想，"你既然收了我的钱，就应该给我办事，否则，我捅了出去，你王正良不仅吃不了兜着走，恐怕一两年的牢狱之灾是跑不掉的"。就在各人打着各人小算盘的时候，王正良不改他那种刚直不阿的性格，不管王大艮来找他多少次，他都没有答应给王大艮任何路桥工程项目去做。王大艮屡次两手空空，不得不向他的靠山表哥汇报，不日，王大艮的靠山匡主任又打来电话了。

"王局长啊，我至今不知道你是什么意思。话说白了，你收了钱，而不办事，这样怎么能行呢？你要知道我是省研究室的，摆平任何一个事情是非常轻而易举的。"匡主任停顿了片刻又接着说："别的不说了，你还是给他安排一个事儿干干吧，这样的话，你也交了差，我也交了差。"

匡主任挂断电话的时候，没有丝毫客气的意思。王正良呆呆地拿着电话听筒愣在那里，似乎从匡主任那几句话里怎么也走不出来。

三天之后，王大艮又来到了王正良的办公室，进来的时候很有不可一世的派头。当时他没有敲门，是直接进来后坐下的。这时的王正良很是反感，恨不得马上把他轰出去。没等王正良脾气发出来，王大艮首先开了话："王局长，我想做点工程的事现在怎么样了？"

王正良一听就气上心来："什么，怎么回事？我实话告诉你，你送给我的那两万块钱，我私人并没有收下，现在保管在局财务科科长章海艳手里。你信不信？我现在可以把财务科给我出具的证明给你看。"王正良说着便打开自己办公桌的抽屉，找出那张收据后，立即拨通了办公室尹副主任的电话。尹副主任很快赶了过来，问有什么指示，王正良毫不隐讳地说："那天王大艮送给了我两万块钱，当时我当着你的面，交给了局财务科，现在这位王大艮同志一再找我做工程，而我们的工程平时都由路桥公司做的，现在没办法，你说怎么办？"

尹副主任一听这话，觉得王大艮是来扯筋闹绊的，直截了当地说："王老板啊王老板，你送给我们王局长的两万块钱，他交给了局里财务上，你现在以为我们王局长私人收下了，应该非给你安排一个工程去做不可，其实你错了，谁也不欠你的，如果你再这样闹下去，我们要么把两万块钱退给你，要么把你送的两万块钱交到县纪委或县委组织部去，到时候搞得你没有什么面子，你谁也不要怪！"经尹副主任这么一说，王大艮像猪八戒照镜子，里外不是人。

他只好站起身子，诉起自己的苦来："王局长啊，你确实不知道内情，我其实是一个做得比较大的老板，银行当时的存款不下于五百万元，但是自从前年我开车追尾之后，把我车上坐的老婆孩子全部搞成了残疾，在医院治疗期间截下肢、安假肢，钱花光了，还欠了一屁股账，我现在是一贫如洗，一穷二白，连那送给你的两万块钱都还是问别人借的。我现在实在是没有办法了哇！"王大艮话音一落，扑通一声跪在地上，王正良示意尹副主任和财务科科长章海艳把他拉起，安排他们去银行取钱，一分不少地把钱退给王大艮。王大艮见状，二话没说，只好跟在尹副主任和财务科科长的后面灰溜溜地走出了王正良的办公室。

王大艮虽然走了，王正良仍然气得吹胡子瞪眼，不知怎样评价王大艮和省研究室匡主任是好。联想起当时王正良向匡主任电话汇报打算谢绝王大艮的两万元钱的事情时，匡主任直言不讳地对王正良说："你就收下吧，出了什么问题我负责。"现在王正良还没有收下这两万元钱，王大艮就到了如此盛气凌人的地步。一旦他真的收了这两万元钱，最后的结局可想而知，那必须把王正良送到审判台上去的。

到了现在，匡主任还蒙在鼓里，王正良认为他有必要把最后的实情一字不漏地告诉匡主任，不然的话，匡主任肯定会认为王正良是一个收了好处不办事的人，如果再发展下去，他王正良得罪了省研究室这个连县委书记都恭敬三分的主任，绝对不会有什么好果子吃。想来想去，王正良最终拨通了匡主任的电话："匡主任您好，今天您介绍的那个兄弟王大艮大约已经是第十二次到我办公室了。"王正良心平气和地说。

"是吗？你给他安排一个事情不就得了。"

"匡主任啊，事情不是这么简单。交通工程是国家的计划工程，这些计划工程一般应由交通局所属的路桥公司来做。平时路桥公司本来就是半忙半闲，一年到头都在打饥荒，如果再让别人去做，一是质量靠不住，二是内部有意见。"

"那你说的意思就是没有指望了？"

"是的，匡主任。等到有可能的时候我再告诉您。"

"你看着办吧，我看这个问题不是一般的问题！"

"匡主任，这个问题很简单，我当时就把他送给我的两万块钱交到局里财务收入账上，半小时以前，我又叫财务科科长当着办公室尹副主任的面，把两万元钱退给了王大艮本人，王大艮本人也给我们打了收条。这下我们两清两不欠，您看行吗？"

电话里没有声音，王正良接着"喂"了一声。

"王正良，我算是认识你了，你是一个不讲感情，不懂人情世故的家伙！"

电话里传来了"嘟嘟嘟"的声音，显然是匡主任挂断了电话。王正良一个人在那里待着，他不知道怎样评价今天上午发生的这一切，更不知道他今后还会面临哪些更为稀奇的"花脚乌龟"。因为他才当了三年多的交通局局长，在今后的岁月里，什么样的艰难险阻可能都会出现。但是他坚信一条，那就是守法与犯法之间只有一线之隔，守法与犯罪之间只有一步之遥。只要他坚持守住这个刻度线和不跨越犯罪的门槛，他就是一个好干部，就是一个好丈夫，就是一个好父亲。不过，现在没有犯法，不等于以后就不违法；现在没有问题，不等于以后就不会出现问题；现在没有发现问题，不等于以后就发现不了问题。所以说，树立正确的人生观和价值观，不断加强自己的世界观的改造，无疑是一个长期和永恒的话题。他觉得，他从农民到干部，从农村到县城，从临时工到局长，这些历史性的跨越虽然是了不起的,但是最了不起的是要做到清正廉洁、出污泥而不染。特别是在当今形势下,党组织已经给了自己很高的政治和经济待遇,坐车、吃饭、通电话等等已经占了很大的便宜,如果再不知足,私欲膨胀和中饱私囊,必然使自己犯错误,甚至滑向犯罪的深渊。

王正良越想越不是滋味儿,越想越有些害怕和紧张。但是他很明白的一点就是,只要自己时刻严格要求自己,一切危险都是可以避免的。

想着这些的时候,王正良一根接着一根抽着香烟,此时的他,不知想了多少事,也不知抽了多少根烟……

十七

王正良好几天没有上网了，今天晚上待他批阅完那一沓厚厚的文件，一打开电脑，只见自己的QQ上不断地闪烁着一个陌生的头像。他点击定神一看，一串长长的文字，介绍着对方的情况：

"四哥，我是老家倒座庙村十组的小猫子，原来在县电视机厂工作。十年前工厂倒闭后，我先是蹬了几年的人力三轮车，后来，三轮车不准搞了，我又开了几年的馆子，赚了一点小钱。去年听说基金、股票行情好，我索性当起了股民，结果，买的基金不赚不赔，买的几只股票，把我前几年开馆子赚的一点血汗钱全部砸进去了。现在老婆子要离婚，兄弟间不来往，社会上的人瞧不起，吃饭打饥荒，现在我什么都不差，就只差跳楼自杀了。四哥，你我都是姓王的，请求你看在我们同宗同族的分上帮我一把，不然的话，我只有死路一条了。

王猫子，此致，敬礼！期盼四哥回音。"

王正良看完这个不长不短要求加为好友的留言之后，在记忆中搜索起了王小猫子。在他的印象中，他们是老乡、同学，但不是同宗同族的家门弟兄。王小猫子称他为四哥，这毫无疑问是根据王正良在家里的排行来喊的。他接着把他加成了好友。

因为俗话说得好,"亲不亲故乡人",王正良的心里也想和这个"前搭后"长大并且在一起玩耍过的老乡兼同学在一起联络联络,回忆一下过去的感情。

王小猫子简直就像天天守在电脑上等待王正良一样,王正良刚把他加为好友,他就"嘣"地一个留言发了过来。

"四哥你好,谢谢你瞧得起我,把我这个穷困潦倒的人加为你的好友。"

王正良现在既有兴趣,也有时间,干脆跟他聊了起来。

"只要时间允许,聊天并不是什么坏事,更何况不加你为好友,心里过不去呀!"

"没想到,四哥官已至此,还这么重情重义,在这么强势的政府部门当局长,还能和我聊天,太看得起我了!"

"什么强势不强势,你我都是人一个,命一条,当官的早晚是要回归平民生活的,不能当官了就忘了七情六欲了,你说是吗兄弟?"

"是哩是哩。我小时候就觉得你与众不同,穿衩衩裤子的时候你是我们的头,长大了你是县里的官,说实话,我打骨子里佩服你!"

"过去都是小娃子,不懂事,成天疯疯打打,吵吵闹闹,天真无聊,无忧无虑,那时候虽然生活水平低,但是过得很愉快。现在不知不觉长大了,立了业,成了家,虽然增添了小时候不曾有过的风光,品尝了改革开放和物质丰富的果实,但是总觉得现在生活也累,工作也忙,不如意和不理想的状态时刻笼罩着我们。越是想搞好的事情,越是搞不好,越是想回避的现象和情况,越是要直接面对。比如,你买股票想赚钱,结果亏了个一塌糊涂；比如，我想当一个'不粘锅'的局长，人家却说你不懂人情世故，硬是想着法子非把你拉下水不可。总之，现在为人夫、为人父、为人君、为人臣、为人友、为人亲，都不是一个简单的事情，困扰你的因素太多了，太形形色色了。所以说，谁都有一部难念的经。"

"四哥，你认识分析问题很到位，很有深度，这些话说得很到位、很有理。但是说来说去，我还是厚着脸，请求四哥在适当的时候拉我一把。我现在的精神垮了，理想破灭，事业衰败，家庭不和，妻儿远离。混得人不像人，鬼不像鬼的，我真的很想一死了之。"

"兄弟，别这样，摔跤不怕，怕的是摔了之后不爬起来，怕的是破罐子破摔。"

"四哥所言极是。冲破黎明前的黑暗，需要太阳；黑夜里前行，需要灯光。我现在什么依靠也没有，只有依靠四哥这根救命稻草了！"

见王小猫子说到这里，王正良一是感觉到他还有一些文化素养，所说的这些言语还符合逻辑规律；二是感觉他说的这些话，还算是掏心窝子，让人同情，也让人暖心。

王正良对他毫不戒备地回道："等哪天休息的时候，县里无会或手头上的工作闲点了，我们回老家转转，一是散散心，甩掉这些乱七八糟的事情，轻轻松松；二是到我们小时候玩耍或打猪草、捡柴火的地方，拾回我们童年的记忆。"

王正良这么一说，正中王小猫子的下怀，他一直巴不得近距离接触几十年来陌生而熟悉的王正良，为他当前十分糟糕的生活窘境找到一条扭转乾坤的出路。王正良的想法很单纯，就是联络乡情，叙旧话新，压根儿没有料到王小猫子意图就是寻找靠山，承揽工程，力挽狂澜，摆脱困难。

三天之后，王正良迎来了一个无会无事的双休日。这天早上，王正良少有地睡着懒觉，而王小猫子自从那天晚上和王正良网上聊天之后，兴奋得几乎睡不着觉。他与妻子共同分享着这难得的喜悦，用迫不及待的心情，盼望着这个双休日的到来。

这天早晨，王小猫子早早地来到了王正良所住的县交通局家属院，从七点等到八点，从八点又等到九点。快十点了，王小猫子再也无法按捺自己焦急的心情，掏出手机，战战兢兢地拨通了王正良的手机。

那天，王正良在网上把电话号码告诉王小猫子的时候，并没有索要王小猫子的电话号码，因此今天对于王小猫子打来电话，还有几分睡意的王正良见显示的是一串数字而不是人的姓名，在蒙眬中就直接挂断了王小猫子的来电。王小猫子好是失望，无奈地站在那里。过了一会儿，他再次打开手机，按下了重拨键。

王正良听见铃声，无法再睡下去，顿时起身接听："喂，请问哪位？"

"是我，四哥！我是小猫子。"

"有什么事吗？我还在睡觉，对不起呀老乡兄弟。"

"没事没事，我看今天的天气好，刚好又是个星期六，我想约你到老家转转。"

"好的好的。我马上起床。"

"我现在在交通局家属院等你，你莫急。"

"好好好，半小时后我就下来。"

挂断电话,王小猫子心中大喜,他庆幸自己终于与这位主管全县交通工程项目的局长挂上钩了。在以往的日子里,他和别人一样,对可望而不可即的王正良总是敬而远之,现在看来,他过去这种观点确实错了。原以为居高临下的王正良难近难交,实际上一旦接触起来犹如破竹之势一般,竟是如此的容易。现在,他的心情非常爽,骨头有些酥,那爽的味道和酥的感觉是根本无法形容的。他现在晕了,好像天在转,地在旋;好像云中飞,雾中游。他认为,如果说前些年是他的相克之年的话,那么今年无疑是他的相生之年,因为人事顺达,心想事成是他今年最好的写照,前几天的聊天和今天的约会成功,就足以说明这一点,《易经》呀《易经》,你真是太神奇,太奥妙无穷了。有人说前些年上苍克我,灵了;现在,有人说今年上苍生我,也灵了。他双手合十地放在额前,做着谢天谢地的样子,看上去有几分虔诚,也有几分庆幸;有几分感激,也有几分得意。他的脸上,顿时有些神采飞扬,他现在有说不出的高兴、欢欣和鼓舞,恨不得像雄鹰一样,在天空上展翅飞翔!

听见王正良的下楼声,王小猫子赶紧镇静了一下自己。

脚步渐近出门,王小猫子下意识地迎了上去:"四哥,今没打扰你休息吧?我今里真是矛盾两重天,一方面既想约你回家转转,另一方面又生怕影响了你难得的休息。"

"其实不必,你我又不是陌路相逢的,虽然多年不见,但彼此至少有过挂念。今天同回老家,是你我共同的愿望,所以客气的话就不必说了。"

经王正良这么一说,王小猫子的紧张神经似乎舒缓过来了一些,接着见机行事地说道:"四哥,今天就不用你的坐骑了,就坐我这个破旧的车子。虽然对你有些委屈，但免得别人说闲话。"

王正良听之有理，愉快地坐进了王小猫子那辆半新不旧的富康轿车。

"四哥，今天你坐车如果不严肃，我开车就不会紧张。我慢慢开，慢慢聊，不紧不松的，保证你一路安全。"

说走就走，车子奔驰在与通天河流域相向而行的那条省道上。王正良打开玻璃车窗，映入眼帘尽是万亩良田的滚滚稻浪和扑面而来的泥土芳香。屈指算来，他母亲因病去世也有二十三年了，若母亲投胎人世的话，不管是男是女，今年也应该是二十二岁的人了。所以王正良提醒自己，今后不管在任何地方，只要遇见这个年龄的人，一定要予以倍加尊重，也许他就是母亲的化身。王正良想到这里，突然有些心酸起来，联想到母亲去世后的这些年，自己背着沉重的行囊，从做临时工开始，像在黑夜摸索一样，在举目无亲的背景下独自一人艰难地前行着。他记得1983年8月28日的那天早上，二哥第一次走进了分家另居的王正良那个巴掌大的家里，告诉了一件让王正良怎么也不敢相信的事情。二哥说，根据全国关于"开展严厉打击严重刑事犯罪活动的通知"精神，县里决定当月30日晚上在全县开展拉网式的秘密搜捕行动，在此之前，县公安局将面向全县农村各地选拔五十名优秀青年民兵，到县收容审查站担负看守任务，要求次日上午前往公社武装部接受政治审查和身体检查，如果通过了这两个关口，就等于跳出了家门，到县里过上亦工亦农的舒心日子。

王正良听罢二哥的这席话，顿时消除了过去对二哥的所有不满和怨气，眼中溢出的滚滚热泪表达着对二哥的无限感激之情，他毕恭毕敬地送走了二哥，祈祷九泉之下的父母庇佑他能够从此走向新的生活。

这一夜，王正良是在兴奋和忧虑的交织中度过的。他好不容易地等到了鸡叫，盼到了天明，简简单单地吃过早饭，把自己好生梳理和装扮了一番之后，像应试赶考一样，踏上了接受上级组织检验的征程。

后来的事情正如王正良期盼的那样，政审、面试和体检都顺利过关，他双手接过那张盖着县公安局大印的录取通知书，揣在自己的怀里生怕有什么闪失。他一路小跑在返回老家的路上，恨不得把这个天大的好消息马上传达给他的二哥，传达给王老五、搬招子等等，那些天天在一起摸爬滚打的童年伙伴以及老家的所有父老乡亲们。

王老五说，"你是生产队里的民兵排长，又是倒座庙唯一的高中毕业生，要长相有长相，要文化有文化，要口才有口才，这个事非你莫属。"王老五说的时候充满了真挚，没有一丁点儿嫉妒的意思。

搬招子接过话茬："我四叔十四岁就在生产队里办黑板报，从小就看得出来是一个有出息的人。从现在起，我四叔再也不愁娶不到老婆了。"搬招子在带有几分口吃的话语中，寄托着他对王正良的祝福与希望。

杜强国和小强国坐在那里一直在虔诚而由衷地笑着，看上去，他们笑得是那样的憨，是那样的甜。

话别之后，王正良回到了那个属于他的方寸之地，把今天的整个过程向二哥做了如实汇报。

"从今天起，就靠你自己的努力和造化了，二哥过去有很多对不起你的地方，现在把你推荐出去当民兵，也算是我对你的一种补偿和对父母的一种告慰。你到那里以后，人生地不熟，礼貌很重要。母亲在世的时候说过，'叫人不舍本，只要舌头打滚'。搞工作的时候要认真对待，踏实敬业，一样一样地做出成效。你虽然上过高中，读过不少的书，但是平时有点话多嘴长，所以你今后有什么话，一定要想着说，不要抢着说。母亲过去曾多次教育我们，'话到嘴边留半句，莫让是非惹上身'。工作中要注意团结同志，尊重领导，加强学习，不断更新知识，这就是毛主席他老人家说的要吐故纳新的道理。同时，你还要注意保持你高中毕业以来热爱写作的好习惯，做到边想边写，边干边写，边学边写，边发现边写，把你的文笔和写作水平提高到一个较高的层次。让领导和同志们从你的工作和写作中发现你的本领和才能，为你今后招工转正吃商品粮打好牢固的基础。你现在才二十岁大一点点，个人婚姻问题考虑得越晚越好，等事业有成了，就不愁天下无芳草了。"

二哥一下子把自己的肺腑之言像高山流水一般，一股脑儿地倾泻给了王正良。直到这个时候，王正良才真正认识了二哥这位最基层的农村支部书记的智慧和水平，他在佩服中不断地点头称是，把二哥的谆谆教诲牢牢地记在自己的心头。

王正良在临别之时，选择了一种报答二哥的最好方式，把自己用心血和汗水亲手搭建起来的房屋，连同生产队分给自己的全部山林和土地毫不保留地送给了二哥。他说，他从现在起，已经做好了最好的打算和最坏的准备，无论今后的结局怎么样，他都会义无反顾地向前走去，即使是到了讨米要饭的地步，也不会给他的兄嫂和父老乡亲们再增添丝毫的负担和麻烦。

王正良边说边收拾自己的简陋行李,让站在那里准备为他送行的王老五、搬招子那些发小们都不约而同地流下了难舍难分的泪水。

随着早上太阳的冉冉升起,王正良在泥土芳香中告辞了为他送行的父老乡亲们,他背负着自己的行囊,骑上了那辆相伴了两年多的二手自行车。

回忆起这些,王正良的心情格外沉重,他现在已没有了故地重游的兴趣和衣锦还乡的感觉。此时,他唯有的是,对父母的思念和对自己的怜悯……

十八

　　王传魁是通天县电信公司财务科的一名职工,前些年,他因开具阴阳发票,贪污电话费款,被勒令退出了职工队伍。近年来,随着互联网的发展,在家里不甘寂寞的王传魁,干脆在通天县开了一家名字叫"通天论坛"的私人网站,网站开设初期,王传魁主要是靠在论坛上聊天打发自己难耐的时光,由此拉进来了不少"穿着马甲"上网的网民。在这些网民中,有的是国家公职人员和企业事业单位的职工,有的是开设商店、餐馆之类的小商小贩,除此之外,还有一些在家里闲着无事和帮别人打工的经常摸电脑的小哥小妹。王传魁就是依靠这些网民,把一个名不见经传的通天论坛,一时间搞得热火朝天,聊天的内容从你情我爱和打情骂俏开始,发展到了按行业、分内容设置的十几个不同栏目,里面既有摄影旅游,也有义工活动;既有转发的网络新闻,也有对当地行风政风的评议;既有对时事政治的见解,也有对某单位、某个人的评价。总之,论坛里所发的帖子,除了偶尔有三两篇号称文学作品和一些风光摄影与户外旅游的帖子沾得上正能量的边以外,其余的绝大部分帖子无疑都属于负能量的范畴。

　　由此一来,本来就带有猎奇心理的网民们更加钟情于王传魁的这个论坛，他们像一只只虫子一样，不分昼夜地爬行在这个论坛上。为此，王传魁在这种别人所不具有的极其特殊的成就感和使命感的催促下，更加激发了努力经营他这个虚拟天地的信心和决心。于是，经过一番缜密斟酌和精心策划，把《行业政风评议》改成了《焦点访问》，把《人物写真》改成了《真相披露》，所有网民发来的这方面内容的帖子，均由王传魁亲自主笔修改和发帖，同时，实现这类帖子与商业广告的紧密连接，构建了"触目惊心的帖子题目＋风情万种的广告＋帖子内容"的浏览通道，用吸人眼球和撩人心扉的挑逗性手法，达到浏览帖子必浏览广告的目的，使网站人气和广告效益得到了同步提升。不到半年时间，王传魁先后在他这个论坛上陆续发表了"吃喝门""报销门""嫖赌门""谋私门""工程门"等数以百计的似是而非的事关通天县有关部门的领导班子成员吃喝嫖赌、亲友承揽工程、在单位内部安排亲友工作和报销应由自己支付的发票等等许多负面效应的帖子。

　　他的第一炮是打在揭露他老婆所在单位收受红包的问题上，长达五百多字的帖子，有条有理地列举了有关人员收受红包的具体事例，并在论坛的头条位置，加粗加红之后一挂就是两个多月。其实，他老婆单位的领导早就看穿了王传魁的用意，因为在此之前，王传魁先送钱送物，大闹天宫，想通过诱惑和威胁两种手段，企图把自己的老婆从一线调整到机关上的财务岗位上去，结果均未达到目的。现在，王传魁又采取毁誉的手法，在网上进行诽谤攻击，以逼迫他老婆的单位领导束手就范。哪知，单位领导技高一筹，把王传魁发的这个帖子一字不漏地打印出来之后，交到了通天县纪委书记手里。纪委书记看了看汇报，从实事求是的角度出发，当即派人进行全面调查。哪知七天之后，弄清了事情的真相和来龙去脉，把调查结果交给通天县公安局网警大队，对王传魁进行了严厉训诫，勒令王传魁删除帖子，并去他老婆的单位登门赔礼道歉。这一次，对于王传魁来说，他受到的教育并不是深刻的，因为一没有拘留，二没有罚款，三没有对外通报。一个训诫，一个道歉使他感到造谣中伤几乎没有成本。依他的想象和分析，他在论坛上发了这么多事关那些一把手的负面帖子，目前只有他老婆单位的领导敢于对簿公堂，那些看上去还没有动静的一把手们，肯定心里难受得很。怎么办？他决定自己现在要不断变换"马甲"，对这些敏感话题的帖子逐个进行跟帖，绝对只能让它顶起来，不能使它沉下去，否则就失去了人气和它的经济价值。

经过一番苦思冥想，王传魁邀约一些不明真相的资深网民和几名网络上的愤青，夜以继日地发表评论，使一度沉下去的这些帖子全部浮出了水面。其中，他们把一个关于通天县交通局的帖子顶到了最前面，说是王正良苟合通天县的黑社会头子垄断了全县村级公路"村村通"工程，并和王正良的三个哥哥参与承包，然后从中抽水分成。

王正良看到这个帖子，顿时气不打一处来，并且百思不得其个中缘由。说起王正良，他平时最大的业余爱好就是搞搞文学创作。前些年，在全国上下推行和实施"政府上网工程"的那段时间，身为镇长的王正良，出于囊中羞涩，托人在通天县里的一家打字复印店回收了四台二手电脑，弄回镇里后，换掉了机械打字机，在全县率先推行了"政府上网工程"，王正良也因此成为全县科（局）级领导干部中的"上网第一人"。这些年来，王正良利用茶余饭后的时间，先后出版了长篇小说《高山上那朵玫瑰》和长篇文集《心绪悠悠》等五部文学作品。作为一名网络时代的先锋，王正良在关注网络舆情的同时，也把自己的文学作品大量上传到通天论坛文学版块里，由此成为这个文学版块的门脸，而王传魁也多次以短信和电话的方式对王正良表示过极大的感激。现在通天论坛突然发表了涉及王正良的这个本来就是子虚乌有的似乎能够捅天的帖子，无疑使王正良感到大为震惊和恼火。

抽完一支烟后，王正良还是心平气和地拨通王传魁的电话，准备请他删掉算了。谁知王传魁根本不吃这一套，并提出了拒不删帖的两点理由：一是王正良平时在通天论坛上连篇累牍地发表了许许多多的文学作品帖子，而通天论坛从来没有收过一分钱的服务费；二是王传魁认为无论此帖子真假，通天县交通局肯定多多少少存在这方面或那方面的问题，适当地揭露一下也不为过。他表示，要想删除这个帖子非常简单，就是你拿钱消灾，我拿钱挡祸。五千元钱不为少，一万元钱不为多。钱到帖子删，立竿见影。如果你不答应，自然有人答应。网上发了这个帖子，关系到这么多人，你不在乎，自然有人在乎，你不出钱，自然有人求我。你走着瞧，看着办。

王正良听到这里，顿时气炸了肺，拍起桌子，大声痛骂起来，质问王传魁是真搞还是假搞，是横搞还是竖搞，不然的话，老子扒掉共产党员这层衣服，摘掉头上这顶帽子，跟你这个王八蛋血拼到底。王正良的这番横话和狠话，像炸雷一样，第一次震惊了在局里办公的同志们，也镇住了气焰嚣张的王传魁。王正良见王传魁吓得不敢做声，接着奋起直追，抡棒痛打："你说话呀，你今天不给老子说明白，讲清楚，老子要是放过你了算是个稀奇！你个畜生无中生有，造谣中伤，敲诈勒索，欺人太甚，法律收拾不了你，老子非叫你来个生不如死！"

交通局的职工被这样的场景吓呆了，在他们的心目中，温文尔雅的"戎马秀才"王正良让他们傻了眼。他们虽然不知道具体情况，但他们猜得出这位宽容厚道的局长今天肯定是被人欺负了，而且不是一般的欺负，否则，他今天绝对不会气得雷响火闪的。

王传魁像是吓得屁滚尿流的样子，在电话中战战兢兢地向王正良求饶，说是保证立马删掉帖子，邀请王正良参加他今晚准备的一个饭局，先赔礼后喝酒，先打嘴后说话。只见王正良又对他骂出一串脏话："老子财政饭已经够吃了，去吃你的饭，老子不是人！"

如果不是由于电话而彼此天各一方的话，完全可以想象站在王正良面前的王传魁那点头哈腰和跪地求饶的样子。

其实，王正良心肠软，性子直，服软不服硬，这是众所周知的。现在，王传魁服软了甚至投降了，王正良似乎有些过意不去，后悔自己作为一名领导干部，不该和这等人一般见识，更不应该骂人家的父母。关键是不能让交通局的同事觉得自己这个局长素质低下，讲话做事如同流氓地痞一般。想到这里，王正良又拿起电话，给王传魁拨了过去。

"喂，王传魁吗？我是王正良。刚才本来是你不对，错在前头，其实改了就好，但是我不该骂你，甚至更不应该妄言要与你以命相拼，说了很多不该说的话，这是我的不对，是我的错误，现在我向你赔个不是，希望能谅解。但是话说回来，帖子必须删，以后不许这样无事生非了。行吧，饭就不吃了，以后有机会咱们再聚。"

先打了一巴掌，现在又给了一颗糖，王正良的一席话，弄得王传魁诚惶诚恐。不过他觉得王正良这个人还是一个直来直去、心无杂念的人，如果与他交往，还是有价值和意义的。王传魁又怕自己层次低了，巴结不上王正良或者王正良瞧不起他这样的人，怎么办呢？王传魁想来想去，只有从行为上检点自己，实打实地把自己的这个论坛办出特色，办出正气，保证不再干那些钩心斗角的鬼名堂。如果他重新做人，堂堂正正地把人做好了，他相信王正良会成为他的朋友的。

对王传魁的这种想法，王正良是根本无法知晓的。他只知道，在生活的这条路上，走着千姿百态的行人，如果在空中俯瞰，众人都像一只只蚂蚁，有的在负重前行，有的在苟且偷生。

无悔的真诚

十九

  叫王正良把县作家协会的主席职务兼起来的意见,是县委常委、县委宣传部部长王秀芳从去年开始就提出来并且坚持到现在的。此前有很多适合担任这一职务的人选,但是选来选去,他们都不愿意去。原因是在通天文学圈里有一个国家级二级剧作家和一个国家二级作家,两人长期你鼻子我眼睛地,从年轻闹到现在,尽管都是八十翻关的年龄了,彼此从不相互低头,长此以往,前些任作协主席们自然没有一个能过上安静日子。更为难受的是,那位二级作家的老伴去世得早,一个人过着孤独的日子,完全靠写作来打发孤独的时光。这些年来,出了很多叫得响的作品,有的获得了省里的文学创作奖,有的被改编成了影视剧,受众对象越来越广泛。但是谁也劝说不了的,是这位作家特别热衷关心政治和谈论通天县政界上的事。由于作家善于思考的天赋和惯于幻想的习性,使得他对通天政界上的一些事件和现象,往往带有猜测和幻想的成分。一旦他的这种思维定式吻合了他想象的某种结论,他设法叫来那些年轻的文学爱好者,把他的某种结论作为一种定性的东西传达给他们。在传达的过程中,他往往以聊天、品茶、吃饭的形式出现。出于对老作家的尊重,其实买单还是小事,最关键的是所说的一些事情或描述的人物特征除了带有浓厚的文学色彩之外，无论怎么听，总有一种说是聊非的嫌疑。如果是你身在其中，假若充耳不闻，他会说你对他无礼，目中无人；假若你出于尊重，随声附和，他会在下一次的另一场合，说你非常赞同他的观点。久而久之，通天县的文学圈里男女老少都怕和他接触，生怕是非惹上了身，只好敬而远之，远而避之。

有一次，他先说县委某某部长在担任乡镇负责人时贪污、受贿几十万，然后又说这位部长野心勃勃，正在通过各种关系，想当上县委副书记。整个过程，说得头头是道，水都能点得燃灯。几位听者见势不对，赶紧以上厕所为由，离开了他正在耕耘的这片是非之地。

就是在这样一种特殊的背景下，县委王部长不下五次找王正良谈话，一再要求他兼任这个职务，把县作家协会的重担挑起来。人怕当面见，话怕反复说。就在王正良答应这一职务的当天晚上，王部长专门设宴招待王正良以示谢意。现在一晃五年过去了，王正良下决心不再揽这个破瓷器活了。这五年，他在这个没有分文财政预算的社会团体里，创办了《通天文学》杂志，得到省文联和省作协的高度评价。通天县的文学爱好者们在这个平台上，创作和发表了具有较高水准的文学作品，被许多国家级和省级文学刊物转载，其中他自己创作的长篇纪实散文还被改编成了电影。但是，他现在实在是受不了这位二级作家隔三岔五给他打电话，不是说这就是说那，逢年过节的时候也是不断地从侧面提醒，不是要求送这就是要求送那。县作协身无分文，平时所需的费用，都是找有关部门化缘，从牙缝中挤出来的。王正良从事的交通工作确实太忙，加上兼了这个职务之后,他在自己的岳父岳母面前都没有随叫随到,而对于这位作家的召唤,王正良又不得不皮笑肉不笑地去应付。王正良这些年因为陷于繁忙的工作事务,连自己的哥哥嫂子和侄男侄女都难得吃上自己的一顿饭,喝上自己的一杯茶,然而对于这位作家的软磨硬泡却不得不应承,长此以往,不把人拖死,也会把人拖垮。

为此,王正良找到王部长说明了自己的困惑和难处,表示坚决辞掉这个费力不讨好的身外职务。王部长听了王正良推心置腹的想法,心里很是有些无奈,站起来给他倒了一杯茶水,深情恳切地说:"正良啊,你姓王,我姓王,就你我而言,都是王家户的兄妹。你作为兄长的,在工作上你不替妹妹分担,谁替我分担啊?!"王部长停顿了一下,目光专注地看着王正良说:"他是国家二级作家不假,但你是县作协主席也是真,不管什么事,若有时间你就去,没有时间就算是爹和爷你也可以不去。作家就是搞创作,什么创作之外的这呀那呀,你完全可以置之不理,我看他难道会把天翻过来不成!这么大年纪的人,天天分析这个要当官,猜测那个要提拔,难道这是创作的必要内容和根本宗旨?"

"现在的问题已不仅仅局限于这些了。"王正良说道。

"什么问题,是不是又要告状?"王部长看着王正良问。

"是的,他公开地对别人说自己写了一封十几页的长信,复印了六份,分别寄给了省、地纪委和检察院等单位,信中说我贪污了一百八十多万,并且正在用这笔钱买官当,准备把您挤掉,由我当县委宣传部部长。"

"这简直是屁话,这话你也相信?"

"不是我相信不相信,而是上面相信不相信。信寄出去了,上面不查便罢,一查就会满城风雨。把我的心绪搞乱了,带着这样的心情搞工作,您说怎么搞得好哇?现在对我来说,惹不起,躲得起,眼不见心不烦,话不听心不乱。他搞他的,我干我的,两不相干,各行其是。"

"那你说怎么办?你说我听。"

"从现在起,你兼任县作协名誉主席,宣传部的常务副部长兼任作协主席。这样一来,既回避了我与他之间的矛盾,也解决了以往他在作协主席面前纠缠不休的问题。如果能这样安排的话,一身轻松的是我,能够安心本职工作的还是我。我恳请您答应我的请求,让我摆脱他的折磨,我真的谢谢部长了!"

王正良说这番话的时候,目光是乞求的,态度是虔诚的,语言也是发自肺腑的。联想起这五年来,他对这位二级作家唯命是从,任凭摆布和教训,没有犟过,更没有反抗过。作为一位年轻的文学爱好者,他给予了这位作家足够的尊重,早叫早到,晚叫晚到,时刻听召唤,唯恐得罪了这位作家。现在的王正良醒了,淡然、无谓又无畏。因为这位头戴国家二级作家桂冠的作家大人,他既不是哺育自己成长的父母,也不是教书育人的恩师;既不是自己工作的上级和领导,也不是自己生活中的同事或朋友,找不出任何理由和依据去满足他的无理要求。在以后的日子里,你愿意告状就告状,愿意诽谤就诽谤,反正舌头和笔杆子你应有尽有,别人劝不了,也管不住,就随你去吧!但是有一条王正良是坚信的,那就是真理和事实永远是真理和事实,既然天改变不了,地改变不了,那么你这个二级作家就更改变不了。虽然你像乌云一样可以与狂风暴雨一起作乱,但是风雨之后迎来的往往是白云朵朵与风和日丽的蓝天。

　　县委王部长似乎完全理解了王正良此时的心情，毫不迟疑地答应了他的请求。她说："你可以离开作协的职位，但是不可放弃文学创作这个爱好。在通天县的干部队伍中，唯有你的爱好与众不同，文学创作是圣洁和高雅的，是大多数人可望而不可即的。我不仅为你骄傲，更重要的是对你佩服。特别是在物欲横流、金钱至上的今天，你能潜下心来坚持自己的追求，我作为一位宣传部部长，打心底里感动和敬重。希望你在今后的岁月里，坚定方向，坚定理想，用饱蘸的笔墨歌颂祖国的大好河山，歌颂人民的智慧和力量，不遗余力推动通天的文学事业走向更加辉煌的明天。"

　　王部长的一席话，说得是那样的情真意切，一直在旁边听着的王正良只差掉下泪水。他觉得他今天与王部长的交谈，犹如心灵深处呼唤出来的天籁之音，穿透了通天的山川，也响彻了通天的河谷，犹如为夏日忙碌和劳作的通天人民送去了一汪清澈的山泉和一缕凉爽的清风，浇灌了干涸的土地，也吹拂了河岸的杨柳。他们现在的心更开了，现在的情更切了。为了通天的事业，他们携手并肩，在那条造化和陶冶人们心灵的大道上，坚定地走着走着……

二十

王正良这几天一直在工地上跑，疲倦使他懒得至少有四五天没有洗头了。今天早上起来，蓬乱的头发怎么也梳理不顺，还有头油散发出来的那种味儿使他对自己也有些嫌弃。他实在忍不过去了，干脆打开太阳能热水器，挤了一大坨洗头膏洗了起来。顿时水生沫，抓止痒，让他的头皮很是舒服。

他平时喜欢那些与乡村和农民有关的经典或流行歌曲，一旦遇有什么高兴的事儿或者感到开心的时候，总会不由自主地哼起歌来。现在，他哼的是一曲名字叫《为你等待》的草原歌曲，把他的心情不知不觉地带入了亢奋的状态。他就这样哼着洗着，突然客厅茶几上手机的阵阵铃声响个不停，这使他心里似乎有些烦了起来，这才七点不到，是谁没有眼色这么早就打来电话。他刻意不去接它，殊不知，电话响过一遍又一遍。本来第一遍铃声响起的时候他心里就有些犯嘀咕，现在又接连不断地响着，依他的性格，他是忍不住的。于是他顶着满头的白沫，拿起手机，打开免提，不耐烦地大声问道："喂，早上好！请问哪位？"

"哎呀，说起来既复杂又简单，我是你们F县长的爱人何丽丽，今天哪，我想和你商量个事，你可千万不要告诉你们老板F县长了哇！"

对方说罢，自己在电话里似乎非常开心地哈哈哈笑了起来，听上去，爽朗自在的内心世界里，充满着无限的欢心和自信。

以前王正良听说过F县长的夫人是一个乡脚很宽、交际很广，到处都有朋友的人。她不仅能说会道，而且八面玲珑，无论商界、政界、学术界，没有她摆不平和拿不下的事情，在工农商学士、东西南北中的各行各业到处都闪现着她那婀娜多姿的身影。今天她给王正良打来电话，自然有她认为想在王正良面前摆平的事情，对于这一点，王正良心里自然是很清楚的。于是，王正良定了定神，十分谨慎地问："请问大姐，您有什么指教？"

"正良啊，听你们F县长说，你是一位很会来事的，而且智商、情商超高的同志。我今天呀，想给你介绍个朋友，他是你王家的兄弟。这样吧，你今天上午放下手头上的工作，到我家来一趟，有些事情我想顺便给你提醒一下。"

"请问大姐夫人具体住在哪个位置？我应该怎么走？"

"这样吧，我上午九点三十分就在我们地区的百货购物广场正门等你，现在的电话号码就是我的，到时候你电我就是了。"

F县长的夫人说得非常干脆，王正良也用心记下了她的电话。

待王正良打发完这个事情，头上的洗发膏泡沫已经退却，他的头发紧紧地贴着。王正良无心再去抓痒和哼歌，三呼啦两扯地用水冲洗了算是了事。他思索着F县长的夫人究竟找他有什么事情，想来想去，估计十有八九是她想介绍他人承揽通天县交通系统工程的事。说到工程，交通局下面有专门的路桥建设公司，他们是修路架桥的专业队伍，如果别人来修路架桥，那专业队伍去干什么？现在县长夫人打来电话，看来今天去也得去，不去也得去。如果不去的话,恐怕今后绝对有穿不完的"小鞋"。想到这里，王正良烦得连招呼也没有和老婆打一声，提起拎包就走出门了。

出门，坐车。王正良一路上什么也懒得想，四十分钟的车程让王正良感觉是极度的漫长。说实话，他根本不想去见这位左右逢源的县长夫人，这次见面，肯定是黄鼠狼给鸡拜年，没安好心的。

王正良在摇晃的车上迷迷糊糊地闭目养神，他现在很想做一个梦，把今早以来的这个过程化为梦的具体情节，在他醒来之后云消雾散。但是这毕竟是一个无法逃避的真实故事，像滚石上山一样，他的双手只能拼命地往上推，否则一旦稍有松懈，这块无比沉重的石头就会砸伤或砸死自己。而梦中的想象和希望在大多数情况下只能用于人的自我安慰，它让做梦的人刚刚抓住愉悦却又很快失去了愉悦。对于这种邂逅的愉悦，最终的结果是，哭笑不得的是你，可怜无助的还是你。

面对县长夫人的温柔陷阱，王正良不认为这是县长夫人参政干政的举动，而是一种利用她老公手中的权力从事地下经商活动、牟取个人利益的赤裸裸的行为。如果我们在关键岗位上的领导干部的家属都如此，包括他王正良也搞起"近水楼台先得月"的事来，我们的这个天下不知道会是什么样的天下了。王正良越想越觉得不是滋味，恨不得现在就骂起人来。不过王正良又冷静地一想，事情还没有严重到这个程度，至少在目前还不知情，也许是自己把事情想多了甚至想歪了。如果不是想象的这种情况，或者说没有想象的这么糟糕，那么就应该另当别论了。倘若这个推断能够成立的话，随之而来的可能是另外的结局了。

想归想，事归事。车子在百货购物广场的停车场里停了下来，司机小周刚准备开口提醒王正良，哪知王正良极不情愿地挡了过去："知道，别多嘴，没话不要找话说！"一句话把小周说得脸红脖子粗的。

F县长的夫人像是一直在那里用望远镜瞄着王正良坐的那辆带着"9"字头的帕萨特轿车似的，王正良下车后拿起手机正准备拨号，F县长夫人的电话就打了过来："哎呀正良啊，这边这边，我在这边，对对对，你看我的手，正在和你打招呼呢！"

王正良按照F县长夫人的指令放眼寻觅着，果然看见了F县长夫人穿着一身十分耀眼的大红牡丹旗袍，自信而悠然地向王正良打着招呼，然后踩着模特儿的猫步，径直向王正良走来。

王正良也向她走去，敏锐地感觉这位花枝招展的女人已经布下了让他无法摆脱的"迷魂阵"，王正良的心"怦怦"地跳了起来。

跟着F县长夫人走进购物广场的大门，F县长夫人指着琳琅满目的黄金首饰柜外的凳子说："正良啊，咱们先到这里坐一会儿，老大远的来了，你休息休息。"

F县长夫人说这句话的时候，两只眼睛已经定格在柜台玻璃里面的黄金首饰上。

王正良一看心里就明白不过了，这是县长夫人用诱导的方式，在暗示他给她买这些东西。面对这种窘境，他不知如何拒绝，在事先没有思考任何对策的情况下，突然对视着县长夫人那双会说话的眼睛，王正良不得不把自己的目光转移到这些首饰上。对于这些奢侈品，他是无比的陌生和敬畏，他从来没有光顾过这样的柜台。

说来可怜，他结婚将近二十年，开始小两口穷得长吊吊，老婆压根儿没想过，办婚事的那天，香烟、喜糖总共花了不到五十元钱；后来有了孩子，老婆天天搞得披头散发的，在条件不允许的情况下，没有一点儿装扮自己的机会和时间；现在孩子大了，条件好了，又要操心买房子，给孩子上大学攒学费，丝毫没有提过这方面的佩戴要求。今天要不是这位县长夫人叫他来到这里，他王正良是不会有任何兴趣来这里光顾的。

王正良起身面向柜台，在玻璃下面灯光的照射下，看了看县长夫人关注的那条像土豪戴的又粗又长的金项链，心里不禁暗暗一惊，一万八呀！再看看县长夫人射来的那道咄咄逼人的目光，王正良这才知道了好人是如何登上贼船的。但是，这时的王正良身上只不过两千来块钱，不想给她买是一方面，而现在实打实地买不起则是关键的另一方面。王正良无奈地走出门去，拨通了在地区工商局工作的表姐王芳的电话，向表姐悄声诉说了自己的难言之隐，然后又提出向她借钱的哀求。表姐是个通情达理的人，又一直关心和牵挂着王正良的成长，听到此事，自然以为表弟机会难得，因为在她看来，能够与县长夫人联络上感情，无疑是个天大的好事。于是便毫不犹豫地表示马上送钱过来。王正良挂断表姐的电话，赶紧走了进去，极度聪明的县长夫人一猜就知道王正良是在外面准备资金的事儿，见他进来，顿时喜上眉梢："正良呀，坐坐坐，快坐，别站累了，看你脸上油光光的样子，来来来，姐姐给你一包湿巾，赶紧把你的脸收拾一下！"

"我刚才找我表姐商量了一个事儿，等一会她就来的。"

"不要紧，不要紧，来了就好，来了就好。"

县长夫人胸有成竹地安抚道。话音一落，她又把目光转移到了项链旁边的那对镶嵌着蓝宝石的耳坠上。

王正良顿感无地自容，他不晓得这位欲壑难填的县长夫人接下来还会提出哪些要求。为此他灵机一动，貌似恳切地对县长夫人说："大姐，您看这样行吗？这条项链和这对耳坠如果您不嫌弃的话，我下午给您送去，这样免得耽误了您上午的时间。您看还有什么事情需小弟我做的吗？"

"正良啊，你真是太机灵了，我刚好还有其他事情要做，你看，其实这个吊坠也蛮不错的。"接着又说，"正良，你仔细看一下，里面的那个红宝石一闪一闪的，真是太美了！好好好，那你就先到这里歇一会吧，你们老板今天给我安排了一大堆这事那事的。你看看，昨天一位省城的朋友要你们老板和我帮他推销一种叫什么'阿波罗'的营养品，一万元一件，一共五件，你就代姐姐我分忧分忧，弄回你们局里，作为节日礼品，发给同志们和那些老干部吧！"县长夫人稍加停顿，像是吞了一口唾液似的，接着说："这点钱呢，早给晚给都可以，姐姐相信正良有办法，一个月内能给姐姐送来就可以了。"

一时间，像连环套一样，搞得王正良措手不及，六神无主的王正良犹如被洗了脑、着了魔一般，在不知不觉中，顺着县长夫人温柔而执意的思维，就这样走上了一条危险的崎岖之路。

县长夫人顿时高兴极了，无所顾忌地挽着王正良的手往外走，还未走到门前台阶，县长夫人抬头望去，突然一声尖叫，差一点儿把王正良的尿都吓了出来：

"哎呀兄弟呀，你可来得正是时候啊！"接着又是一声哈哈大笑，指着王正良介绍道，"这不，这是你王家的兄弟，通天交通局的王局长，来来来，先握握手，认识认识吧！"县长夫人说时迟，那时快，矫情地把来者的手与王正良的手叠到了一起。

"你们真是有缘分啊，你看你们两兄弟长得都是有鼻子有眼的，五官分布都这么均匀，印堂都这么发亮，天庭都这么饱满，我看你们简直就是天生的一对,地造的一双。走走走,亮子,你说个地,咱们中午去乐呵乐呵！"

王正良这时才知道来者也姓王，名字叫亮子，县长夫人叫他们相识，肯定是想帮这个叫亮子的介绍工程的。王正良在心里琢磨着，顿时横下心来：今天说什么也不能让这位县长夫人得寸进尺了。即便是老子今天吃下了给你买首饰、给你销礼品这个闷亏，但是想让老子给你搞工程，又不让你那个县长老公知道，或者说假装不知道，就是打死老子，老子也不会干的。

车子很快到了那个专门吃乌龟、甲鱼的特色饭店，心情郁闷的王正良想，他今天走的这条路显然是一个离监狱的大门只有一步之遥的死胡同，远远超过了行走钢丝和如履薄冰的紧张程度，若是不悬崖勒马，他将吞下的，不仅是人生的苦酒，而且是生命的苦果。为此他告诫自己必须在昏睡中幡然醒悟，迎着东方冉冉升起的太阳，昂首走向欢歌笑语的人生旅途，坚定地扛起对自己、对家庭、对儿女、对事业高度负责的历史使命。

现在的王正良神清气爽，一身轻松，因为他正在学着并执意与邪恶抗争，把那些禁不起阳光照射的丑陋远远地甩在九霄云外。

二十一

"四大金刚"的传言和王正良因过生日而被人举报的事以及那位老作家的六封告状信，一时间压得王正良硬是喘不过气来。他干脆横下心来，准备辞去交通局局长这个职务，改为非领导职务，不当这个官算了。他把这几年上交或充公的因无法拒绝而收受的两百多万元的礼金、礼品和有价证券的收据和书面证明，逐一进行了集中清理，然后分别装订成两本一寸多厚的档案，打算送给县纪委和检察院检察长过目签字后，作为自己的护身符保存起来。

回想起这几年，王正良从上任开始，就把自己的岳父岳母、连襟内弟、妻子女儿、哥哥嫂子、侄儿侄女、其他沾亲带故的亲戚家门和他长期以来关系比较亲近的同乡、同事、同学都集中到县交通局开了一个"家庭警示教育会"，当着交通局全体机关干部和二十多位所属二级单位的主要负责人的面，约法三章，做出了谁也不能越雷池半步的硬性规定。

这样做，倒是避免了他犯错误和保证了他的自由安全，但是，他的那些直系和旁系亲属以及知己朋友毕竟生活在社会的底层，思想境界和文化素养根本无法与他的这些家规相匹配，他们在理解中埋怨，在比较中攀比，对王正良与他人的不同做法，产生了极度的抱怨和严重的不满。同乡、同事、同学和那些朋友们还好说一些，但乡下的三个哥哥及嫂子和那群与打工妹成家的侄儿、与打工仔成家的侄女们，目睹别人当了镇长、镇委书记和局长之后给家庭面貌和后辈前程带来的恰似扭转乾坤的变化，心理怎么也平衡不了。他们认为自己的四弟或四爹与自己根本谈不上什么血缘关系了，为了保全自己或一己之私，忘记和背叛了一母所生的骨肉之情，因此在后来每年春节团聚的时候总是理由万千，用种种借口来搪塞相聚，即使有的时候遇到一起了，但说出来的那些话也让他听起来感到刺耳和冰冷，不屑一顾和无所谓的那些脸色看上去既冷漠又陌如生人，特殊场景之下，不得不使王正良感到情感距离的遥远和亲情的退化，他每年只好在回老家祭祖之后，带着妻子女儿到他的岳父家里过一个酸楚而寂静的春节。

  这是一种另类的情路历程，对于这种历程，王正良无法向世人诉说，即便说了，世人也会普遍地坚信王正良这种反常于社会生态的孤立做法是无一真实的。关于这个问题，王正良是有过亲身体会的。就在前不久的那一次，若不是生怕传出去了有酒后闹事或严重失态之嫌，王正良恨不得在行驶于崎岖山路的小车子上，把他过去一直当作知心朋友的县审计局的武定国，使出吃奶的力气狠狠地揍上一顿。

  其实事情的原委很简单，那天下午，武定国打来电话，约王正良下班之后到他离县区 20 多公里的乡下老家吃晚饭。武定国说，一是要王正良在百忙之中去他老家走一走，看一看，放松放松，尝尝他母亲亲手做的土得掉渣的农家饭；二是他母亲好几年没有见到王正良了，心里很是想念，叫王正良顺便和他母亲在一起聊聊，了却他母亲的这个心愿。王正良在电话中爽快答应了武定国，到了下班时间便一同前往，他们从县道到省道，再穿过一段村级公路，翻越一座不大不小的山岭之后，便到了武定国的老家，惜别多日的武定国父母见来的是王正良，顿时高兴极了，牵手加问候，心情乐悠悠，王正良往日的烦恼与工作的疲惫在欢声笑语中顿时云消雾散，好不快活。等到日落乌啼，他们便开始了，几番推杯换盏，王正良被掠得天昏地转。酒醉饭饱之际，王正良见势不妙，不得不起身致谢，连忙告辞。他恍恍惚惚地抢先坐上车去，哪知车子刚刚起步，屁股还没有坐稳的武定国单刀直入地谈论起一个话题："正良啊，我们是几十年的老兄弟了，一些话只有我来说，别人是不会说的。"

"什么话？你说！"王正良坐在车子的后排，晕晕乎乎地答道。

"通天县的人把你列为'四大金刚'之一，现在土地局的一金刚、建设局的二金刚和教育局的三金刚都被逮起来了，就剩下你这个交通局的四金刚了，你赶紧把你的屁股擦干净，把你平时收的那些钱和那些值钱的东西一分不少、一点儿不留地交了，然后好好地写一份悔过书或者投案自首书交给纪委和检察院，争取他们的宽大处理。不然的话，到时候，你人也吃亏、钱也吃亏，人财两空，妻离子散……"

坐在副驾驶位置上的武定国说到这里扭过头来，像在等待结果一样，不语地看着坐在后排位置上的王正良。

"你这话是啥意思？在你看来，我真的收过别人很多钱和物吗？"王正良感到非常唐突地问。

"收没收，你心里最清楚，我是为了你好，才这样提醒你的。

但是不管怎么说，你天天和钱打交道，我就不信你会把公和私分得跟豆腐拌大葱一样一清二白。俗话说，良药苦口，忠言逆耳，听不听由你，你自己看着办吧！"武定国说得有些不耐烦了。

依王正良的脾气，这些语言如果在平时出自别人之口，他是非要打人不可的，可现在，他虽气得两个眼珠子都恨不得快要蹦出来了，两个拳头捏得咯咯作响，但还是抑制住了心中的万丈怒火，收回并放松了自己的拳头，闭上双眼，倚在车子的靠背上，任凭武定国猜测和数落。

打这之后，王正良更加认识到了交通局局长这个岗位的风险性和这个岗位极易引起人们广泛猜疑的不可排除性。他冷静地反思自己这几年来到底存在哪些问题，检讨是否在哪些方面违反了纪律和触犯了法律。首先，他承认自己这些年来，为了营造工作环境和推动交通工作的顺利开展，在公务接待上抽了很多由公款支付的烟，喝了很多由公款支付的酒，也吃了不计其数的由公款支付的宴席。其次是在工程建设领域，自己从来没有得过这些搞工程建设的人的什么好处，自己的亲友从没有在工程建设上沾过边。再次就是在选人用人上，他承认破格提拔和选用过那些能干事、会干事的下属，但那都是为了工作，并且都是报经上级组织批准了的，自己没有封官许愿和买官卖官。最后是在争资立项和迎来送往上，他承认为了争取更多的专项资金，在逢年过节和其他特殊时段给上级主管部门送过一些土特产，但这都是一些"你搞我搞大家都搞"的事情。这些方面的行为，严格地检查起来，其实都是违反纪律的。要说问题，这就是自己的问题。

想到这里，王正良深刻地认识到，自己的这些行为，绝对是与党性原则和廉洁从政的要求格格不入的，不能把这当作一种潜规则或正常现象来看待，如果不加以纠正，久而久之，必然走上严重违纪甚至违法犯罪的道路。因为我们党只有一部党章，所有党员都应该义不容辞、不折不扣地去执行这部党章。因为我们花的每一分钱都是国家的钱，党的每一名干部不管在什么岗位上，也不管是怎样为了公共利益，都不能乱花国家一分钱。因此，严格地约束公权、严肃地用好公权，是每个共产党员和党的干部都必须认真去做的事情，警钟常敲和明镜高悬是一辈子应该去做的事情。只有做到了和做好了，才能不犯错误，或者少犯错误。

将近一小时的行程，车子伴随着王正良反省的思绪，不知不觉中开到了县审计局的家属院。武定国下车时，王正良只是象征性地与他打了个招呼。回到家里，王正良深感身心疲惫，扔下公文包，随意躺在客厅的沙发上呼噜了起来。

二十二

王正良今天算是彻底认识到了自己平时批评人不分场合、不讲情面所带来的不良后果。此前他一直认为，开展批评与自我批评是我们党的三大法宝之一，但是在现今的社会生态下，上级批评下级却成了一个问题：轻则在民主生活会上进行自我检查、开展自我批评，然后接受与会同志们的帮助，最后订出保证，表示今后要注意工作方式方法，考虑对方的心理承受能力，在"小声音说大话"和讲究批评艺术上狠下功夫；重则一旦遇到心胸狭窄的部下或者目无组织领导的对手，便会招致报复，毁誉于一旦，甚至遭到杀身之祸或灭顶之灾。现在，王正良就认为自己接二连三地吃了这个天大的亏，一时间闹得满城风雨，沸沸扬扬，一些恶毒攻击和不负责任的社会言论，一传十，十传百，给他造成了严重的负面效应，在两三个月内让他根本无法抬起头来。

回想起来，第一把火首先是从他的家乡烧起来的。他清楚地记得今年正月刚过，在穿过通天县郊区的251省道改建工程中，因为房屋拆迁工作迟迟无法推动，导致地处王庙集村的蛮河大桥建成之后的两端接线工程长期不能进入施工状态。那里的群众软硬不吃，王正良先后派出三名副局长去那里做协调工作，结果都败下阵来，灰溜溜地回来了。

　　王正良偏不信这个邪，在再也没有副局长可派和F县长放任不管的情况下，已无退路的王正良，干脆披挂上阵，亲自驻扎工地去做群众工作。经过半天的调查了解，王正良终于摸清了底细，找到了无法启动拆迁工作的根本原因。这时，他想起了毛主席讲过的"只有落后的干部，没有落后的群众"这句话，立刻叫来村支部书记马先友，对他暗地里煽动群众闹事、阻碍房屋拆迁的行为，没讲丝毫的情面，劈头盖脸地把他训了一番。马先友在铁的事实面前承认了自己的错误，表示马上把拆迁补偿资金分配下去，保证三天内拆平全部应拆房屋。

　　说起来，这马先友与王正良还扯得上点亲戚关系，因为王正良的外公外婆就是这个村里人，尽管他们早已不在人世，但在这一带的姓王、姓马的人家当中，辈分高的基本上是他的舅舅舅母或表叔表婶之类，年轻或岁数跟他差不多的都是表兄弟或表姐妹，所以，王正良针对马先友的错误进行严肃批评，于公于私都是站得住脚的。他在批评马先友的时候，就事先开门见山地亮明了这个观点，马先友对此也满口承认。这对于平时讲究一是一、二是二，一说一了，不积陈见的王正良来说，在解决这个问题之后也就没有放心上，云清雾散了。但问题出就出在这里，以致后来的一场满城大字报风波压得王正良差点没有喘过气来。

　　那是马先友如期完成拆迁任务的第二天，他专门到县交通局找王正良申报王庙集村的村级公路建设计划，王正良当即答应，并通知所属的路桥建设工程公司与马先友搞好对接，不料马先友此前背着县交通局，与胡二狗子私自签订了施工协议。

王正良知道，胡二狗子是这一带出了名的社会混子，平时好逸恶劳，好事做不来，坏事做过一大堆，县公安局一直把他列为重点人口，进行过多次警告和拘留。现在马先友要胡二狗子来修路，到头来绝对是毫无疑问的豆腐渣工程。这令王正良大为恼火，再一次狠狠地批评了马先友，并收回了王庙集村的村级公路建设计划。哪知道半月之后的一天晚上，马先友伙同胡二狗子收买了二十多年前就已离了职的七十多岁的村文书，连夜用毛笔写了十五张大字报，张贴在通天县区的公共场所和交通要道。大致内容是：

"王正良是通天县最大的黑社会头子，全县的村级公路都是他的'马仔'们承包修建，万望全县人民擦亮眼睛，都来愤怒揭批王正良反革命和反人民罪行！踏上一千只脚，一万只脚，叫他永世不得翻身。

通天县六十万群众代表
20××年×月×日"

就是这十几张大字报张贴的第二天，通天县掀起轩然大波。人们很快把前几年传了不传的"四大金刚"的话题又捡了起来，一个两个都在用顺向的思维推敲和琢磨着事态的发展。因为人们知道，那个传说中的"四大金刚"已经进去了三个，而且被判处五年以上的罪刑。现在只剩下王正良这最后一个"金刚"，很多人都认为王正良的牢狱之灾这回恐怕是在劫难逃了。持这种观点的人，当然也包括F县长在内，他在后来的一次干部大会上亲口讲："张贴大字报的做法虽然不正确，甚至是错误的，但是这足以反映出广大人民群众对县交通局和王正良是有很大意见的。因为是事有影，是事有根，我们从面上虽然看不出来王正良有什么问题，但在私下里我们不敢肯定王正良的心和手就那么干净，所以，纪检监察部门应当关注这个问题，说不准是清白干部，也说不准能够逮一条大鱼，使'四大金刚'完美收官。"

王正良当时就在会场，听了F县长的这席不负责任、带有挑拨和讽刺意味的话，头都快气炸了。若不是艾保山在主席台上向他示意忍让，他恨不得跑到主席台，与F县长狠狠地打上一架，叫他这个人不人、鬼不鬼的狗东西当众颜面丢尽。后来，尽管查到水落石出了，公安机关对马先友和胡二狗子给予了行政拘留，艾保山也在同等规模的干部大会上辟谣，但是就那一段时光而言，王正良一家人的日子过得是十分艰难。

可谓祸不单行，就在这个事件风过雨过的两个月后，一封一百五十多字的短信，采取群发的方式，发到了通天县公检法、纪检监察、县"四大家"领导和县直各部委办局的班子成员的手机上。短信上的语言恶毒到不堪入耳，难以启齿的地步。大概的意思是：

1. 王正良与交通局办公室叶某搞同性恋，平均两到三天在一起疯狂地过一次性生活。

2. 王正良玩弄妇女成性，把交通局财务科的秦某发展成自己的小情人，长期在外面包住宾馆，开房睡觉，甚至有了一个已经三岁多的男孩……

王正良开始并不知道别有用心的人在外面给他散布了范围如此之大的性丑闻谣言，直到那天吃中午饭的时候，他的那个外号叫狗熊的朋友把这条短信原文转发给他之后，他才如遭晴天霹雳般大吃一惊。

这回王正良不依不饶了。他丢下饭碗，立即拨通了县委书记艾保山的电话，并把这封短信一字不漏转给了他。王正良说，这次希望艾书记能高度重视，要求公安机关立案调查。艾保山回答说："小王啊小王，这封黄色短信明眼人一看就知道是神经病在胡说八道，县委不信，我不信，纪检部门不信不就行了？你大可不必放在心上。"艾保山的话说得跟真的一样，轻松极了。但是作为被侮辱的当事人来讲，怎能这样不了了之？王正良不服，执意要求艾保山责成公安、纪检机关开展联合调查，否则就去住院休息，不弄清楚并给个说法，就不上班了。艾保山一听这话顿感王正良情绪严重，于是他安排秘书通知有关部门的主要负责人到他办公室就立案调查一事进行了部署，为了防止F县长又跟上次一样发表不负责任的高谈阔论，艾保山要县委办公室主任专门起草一份"关于成立6·11匿名短信案件调查小组"的通知，由F县长亲自担任组长。F县长知道这个名单，看似是对他信任，实则是在堵他的嘴。在当天下午由F县长召开的专案小组会议上，做出了少有的果断决定。F县长说，这个案件涉及王正良的人格尊严，也涉及全县主要领导干部的情绪稳定，若不调查清楚，通天县就不会有正确的舆论导向，通天的领导也将永无宁日。要求专案人员动用技术手段，坚持一查到底，不管涉及谁都将给予党纪政纪处分甚至追究法律责任。

后来的调查进展得非常顺利，通过卫星定位的技侦手段很快查清了县交通局房管科科长李玉红于前几天买了一张不需注册的手机卡，安装在自己的常用手机上，在那天晚上醉酒之后编发了诽谤王正良的短信这一违法违纪事实。从李玉红交代的笔录中完全可看出，李玉红憎恨王正良也是有他的理由的。

那是在去年6月，交通局运用集资建房的形式，建起了三栋职工宿舍楼，原本每个职工都配有一个车库，当时李玉红由于资金不足，放弃了购买车库的资格。财务科秦某得知后很快把钱凑齐，并交到了开发商那里，由此取得这间车库的所有权。大约十天之后，李玉红反悔，说要收回分配给自己的车库所有权，随后便买了一把大锁，在自己分文未交的情况下，将这间车库锁了起来。秦某的丈夫是在国税局工作的一名干部，听说这种情况，顿时气不打一处来，两口子义愤填膺地找到王正良评理，王正良喊来李玉红，当面了解了来龙去脉，方知此事完全是李玉红的不对。李玉红作为交通局的领导班子成员，王正良当然要对他进行严肃的批评教育，并当着七八个人的面指其所错、论其所害，一时间，训得李玉红脸红脖子粗的。殊不知，李玉红对此怀恨在心，在前不久的那个醉酒的晚上，向四百多人发出了那条诽谤短信……

这天晚上，王正良怎么也无法安眠，他一个人坐在书房里围绕"批评"二字久久地陷入了沉思。

王正良认为：自有动物活动记录以来，动物的历史有多长，批评的历史就有多久。

人类的批评，与其他动物的批评有着本质的区别。前者表现文明，后者表现野蛮。

文明的批评，是对阶段性的某一事物或某种现象进行的公正评判，目的在于促其向着大众认可和社会认同的方向转化。

从历史的时空来审视，除了奴隶和封建社会将人分为贵贱、上下、高低之外，应该说其余社会包括今后的共产主义社会对人都是平等的。

由于职务的存在，也就导致了批评的出现。正如先人所曰："在其位，谋其政，行其职，尽其责。"所以说，批评是一种职能性的责任，更是一种帮助性的任务。

对于批评，在一般情况下，受批评的人失去的是"脸面"，批评他人的人得到的是"对立面"。

在受批评的人群当中，少数人把失去的"脸面"现于表情，多数人则把失去的"脸面"藏于心底。前者直爽、坦荡，后者稳重、成熟。

如何对待批评，高者有言：守岗有责，守土有责；是非不分，领导失责。

所以说，对批评他人的人而言，批评是一种职责；对受他人批评的人而言，批评是一种待遇。

但凡受他人批评的人，离法纪、党纪、政纪的批评要远一些，离成长的台阶和彼岸要近一些；不受他人批评的人，离法纪、党纪、政纪的批评要近一些，离成长的台阶和彼岸要远一些。

人人都会算账，法纪、政纪、党纪的批评严肃得多，上司的批评则要宽松得多。因此，选择前者与愚蠢相连，选择后者与聪明相连。

话再说回来，批评是世界观的产物，是领导对部下的特殊呵护。如果没有了批评，也就意味着没有了呵护甚至没有了正气。

批评给人以春风，给人以动力，给人以志气，给人以创新。同时批评也遭人以报复，遭人以陷害，遭人以辱骂，遭人以殴打。

凡是在批评面前沮丧和抵触的人，可以说是没有出息的人。

凡是在批评面前认知和反省的人,可以说是正在成长的人。愿善意的批评犹如一位知己陪伴我们的一生。愿善意的批评犹如一座灯塔照亮我们的前程。

想到这些批评,王正良又想起了由批评产生的对抗情绪。他读过著名作家汪国真的《毁谤》一文,联想起班子成员李玉红的极端行为,对实施毁谤的人顿时痛恨极了,他拿起笔来,以一首浅显直白的小诗对李玉红的毁谤行为进行了鞭挞和揭露:

(一)

事修而谤兴,
德高生毁来。
自古刁虫计,
无一不蠢材。

(二)

鲨鱼何其凶,
桔黄降其灾。
修养贯全身,
小人便无奈。

(三)

不理即为声,
把臭当风甩。
清白难玷污,
赶路尽开怀。

王正良写到这里,他似乎想开了很多,好像摆脱了这种魔鬼的束缚与折磨,顿时犹如拨云见日,一身轻松起来。

二十三

在这个世界上，有的时候一些事情来得就是那么突然，突然得像变天一时似的，让惶惶不可终日的人们慌忙得措手不及。

如果把这一事件硬说成一次变天，那么它就是把电闪雷鸣之后的狂风暴雨，一下子变成了风和日丽的万里晴空。让无比压抑、困惑、惊骇的人们心情顿时放松、愉快、释然了起来。

这是 2008 年元宵节的次日，省委组织部采取"一竿子插到底"的办法，直接在通天县的会议中召开党政干部会议，参加会议的精英们猜测艾保山调到地委工作，由 F 县长接任书记一职，但省委的这次决定，完全偏离了往日的常规做法：F 县长仍是原地踏步，继续留任县长职务，县委书记则是由地委发改委主任、地委常委方子良同志兼任。这一下子改变了通天县委县政府两个"一把手"长期以来不团结的问题。在今天的这个会议上，主席台上就座的只有省委组织部的一位副部长和前来履新的方子良以及即将调走的艾保山三人，F 县长和县"四大家"的所有领导干部一律坐在会场上的前两排。关于这个座次，其实 F 县长一进会议室就看出了奥妙，十分敏感地做出了这次调整与他无关的分析判断。从当天晚上通天电视台《新闻联播》的几次定格的长镜头来看，F 县长只有抽搐和抖动的面部表情，在他表态发言和与省委组织部的领导握手的时候，那尴尬的样子连"皮笑肉不笑"也说不上，为此，有人在第二天的谈论中说他那张拉长的脸，硬是拉得比一张驴脸还要长。因为这不是他向往的方向，更不是他希望看到的结果。在前几个月的日子里，他一直认为他是铁定的候任书记，并且在一些重大事务和重要问题决策的时候，不止十几次地超越县长的职权范围，抢先于县委书记之前，武断地做出了某种"拍板式"的决定。好在有艾保山处变不惊、游刃有余地掌控着局势，在F县长的一番决定性的言论之后，又征求意见式地一一向二十多名"四大家"领导干部提问，大家不便说行与不行，于是纷纷低头无语，既不与艾保山的视线对接，也不直接回答艾保山的问话，于是艾保山便来上一通总结性的话："既然大家不予表态，那就等于对F县长的安排有难言之隐或持有不同的看法，我看这样……"于是乎，艾保山一二三四五地提出自己的主张，巧妙地对F县长的个人决定予以了全盘否定。F县长是个硬性子，一遇到这种情形的刺激，说起话来就跟"机关枪"一样口吃加翻白眼，唾沫四溅，使自己的县长形象在与会的同志们面前大打折扣。

F县长禁不起任何刺激，比如，他在信访局轮流接访的时候，为了大事化小，小事化了，不管上访对象有理无理，采取见人发钱，人人有份的办法，来一个发一个，闹得狠的多发一些，闹得不狠的或者不会闹的，依次降低标准。结果，一些上访对象一旦碰了头，发得少的人，便吵吵闹闹地回过头来找F县长补钱。F县长见状，顿时气得吹胡子瞪眼，操着满嘴老家口音难以入耳的脏话、臭话骂了起来。上访对象一听F县长骂人了，便砸的砸、抢的抢、打的打、闹的闹,群起而攻之。F县长无法招架之际,只好调来警察抓人。这一抓,可麻烦大了,一位上访者声称自己是"艾滋病人",扑上前去把警察的手咬住不放,一时间,信访局成了打架斗殴的地方,混乱之际,F县长见势不妙,没顾得拎上那个平时给自己平添几分神气的公文包,在几个大块头警察的护送下,气喘吁吁地离开了现场。

自此以后,F县长再也不到信访局搞什么"信访接待日"活动了,一旦临到了这一天,都被他东扯西拉地支吾过去了。

如今,F县长继续在这里留任县长一职,不光是他本人有一大堆的想法,心里憋屈得很,连知道或了解他的通天县的县民们也装着一肚子的意见。有人叹气他的无能,有人同情他的可怜,还有抱怨组织上的用人决策,把猪一样的"饭桶"放到这里当县长,完全是对通天人民的极端不负责任。

现在好了,上级派来了一位既是地委常委,又是县委书记的领导,再不怕通天县的书记、县长闹矛盾了。即便是F县长今后想闹矛盾,量他也没有这个胆子,充其量在背地里做点小动作、闹点小情绪罢了。因为新来的方子良在省委、地委面前都有话语权,如果他今后不按规矩办事或者稍有风吹草动,方子良可以随时下他的米,对于这一点,F县长心里是清楚的,通天的干部群众也是清楚的,他现在面临的唯一选择,就是老实做官,踏实做事,夹着尾巴做人,不然的话,他F某人根本不会有什么好日子过的。

还有一件事,就是F县长那位装扮入时、张扬无度,而且善于参政、干政的老婆,恐怕现在也应该收敛了,假若她不来个急刹车,F县长轻则平调,重则贬官降级,而且会在全省成为活生生的反面教材。对于上述的可能性，通天县的干部群众绝对会认为是"三者必具其一"的。

　　人们开始把信心与希望树立寄托在方子良身上。他毕竟来自省城和改革开放前沿阵地的国际大都市，他所具有的改革开放意识和对经济发展的信息掌握以及改变山区贫困面貌的人脉资源与胆识，对通天县的每一名干部群众来说，都是极有价值的。特别是在昨天的党政干部会议上，方子良讲的那番话，简直让每一个在会上和从电视上耳闻目睹的人都心悦诚服，心里热和得无以言表。方子良说，我今后必须以融入通天县大家庭为己任，团结和依靠通天县的六十万人民，勇于挑起建设通天、发展通天、美化通天的这副重担，在争取当一名称职领导的同时，还要争做一名好接触、好相处、好共事、好共心的兄弟，只要通天的干部群众不赶我走，上级组织不调我走，我一定要和这里的人民同舟共济，携手并肩，同甘共苦，为建设繁荣、富裕、美好的通天县奉献自己毕生的力量。就凭这番话，通天的干部群众好像一下子就认可了他，那心潮澎湃、精神抖擞和信心百倍的样子，像久违的甘露、渴望的山泉和寒冬的炭火一般，给人以滋润，给人以甘甜，给人以温暖，是这些年来所没有过的。

二十四

　　方子良报到还不到十天的时间,就到交通局来调研。王正良事前压根儿不知道会有这等事儿,正在召开交通系统干部大会,安排部署年度的交通工作。

　　王正良是正在会上讲话的过程中突然接到方子良同志秘书的电话。当时秘书问他在忙什么,王正良说正在开大会,而且刚刚开始,秘书说,你在开会,书记要来调研,这是一个很矛盾的事,说是待他给书记报告之后再联系。不一会儿,秘书又打来电话,说是会议照开不误,书记照来调研不误。王正良一听,顿时诧异不已,一时找不到南北。

　　秘书连忙提醒道:"你莫慌莫慌,等着等着,书记马上跟你通电话。"

　　秘书话音刚落,便传来了方子良同志的声音:"喂,王局长,我是方子良啊,你现在继续开会,我现在也往交通局里赶,我来了之后也不必惊扰大家,你也不必介绍,你叫一个同志到下面等我,把我引到会议室之后,就在最后一排坐下来,听你讲,一直听你讲完。你本身准备讲几小时你就讲几小时,不要压缩讲话篇幅,不要提前结束会议。我这次到交通局调研,听你把话讲完了,我调研的目的就达到了。"

挂断电话，王正良似乎很是紧张，最主要的原因是，他的普通话说得很不标准，怕新书记听不懂。如果用本地话讲，则新书记更听不懂。王正良无奈，只好征求会场上全体同志的意见，不料大家异口同声地笑着说："普通话！"

王正良知道，与会人员要他当着大家和新任县委书记的面讲普通话，无外乎有这么两层意思，一是他们的局长这七八年来跑省城、见世面，肯定练了一口比较标准的普通话，今天让他们听了开开眼界；二是出于对方子良同志的尊重，让他避开乡音很重、苦涩难懂的通天地方话，有利于加深方书记对通天交通工作的认识和了解，有利于加强县委对通天交通工作的重视、支持和领导。

县委办公楼离县交通局只有七八分钟的车程，王正良把会议的议程暂时停了下来，和大家一起焦急而紧张地期待着方书记的到来。

方子良和他的秘书果真按照他之前在电话中跟王正良说的那样，从会议室最后一排的门口进入，悄无声息地坐在了最后一排的座位上。王正良见状，赶紧立身站起，示意大家鼓掌欢迎。方子良接着站了起来，要大家坐下之后，自我介绍地说："同志们哪，我叫方子良，是从省发改委下来刚到这里给大家和全县人民当办事员的。希望同志们今后多支持我的工作，多为全县的经济发展、人民富裕做贡献。"方子良说到这里，稍微停顿了一下，然后接着说，"同志们哪，按照王局长的事先安排，今天的会议议程不变，我和大家一起听王局长的讲话，到最后，我请求加一个议程，允许我谈一下对这次会议的感受，好不好哇同志们？"

大家听后齐声鼓掌，看得出来大家像是打了一剂强心针一样，顿时群情激昂、斗志高涨，一个两个的那张嘴，笑得跟开喇叭花似的，无比灿烂和张扬。

在这之前王正良为了把这次会议开得隆重、热烈，达到团结、鼓劲的目的，专门从地区机关报请来了文字和摄影记者进行宣传报道。眼下，王正良刚按大家的意见，开口讲出第一句普通话的时候，手持相机，正在全神贯注拍摄的日报记者熊胖子听见王正良那句夹生至极的普通话，"扑哧"一笑，顿时瘫软在地。这让亲眼看到这个情景的王正良尴尬得大汗直冒。但是尽管这样，王正良还是要硬着头皮讲下去。在前后一个半小时讲话过程中，王正良一共讲了这么几个主要观点：

一、在工作上，要切实树立"全国有名气，全省扛红旗，全地区争第一"的指导思想和目标，加大争资立项和质量保证力度，做到"用国家的钱办通天的事、用社会的钱办交通的事、用别人的钱办自己的事"，实现一年一个新飞跃，一年一个翻身仗。

二、在领导上，要着力培养"驾驭全局的能力、独当一面的能力、决战决胜的能力"，只能打胜仗，不能打败仗，用工作实效检验领导干部的领导力和执行力。

三、在作风上，要用操持家务的态度，操持政务和党务；用对待上级的态度，对待下级和群众；用力求做官的态度，力求做人和做事。处理好原则与工作的关系、工作与团结的关系、团结与共事的关系，做到上下一致，表里一致，内外一致，做到常相知、常相契、出业绩和出生产力。

四、坚持廉洁自律，列好人生的"三个不等式"，即现在没有问题，不等于今后没有问题；现在不出问题，不等于将来不出问题；现在没有发现问题，不等于将来发现不了问题；坚持警钟长鸣、明镜高悬，确保党和人民的利益不受损害，个人和家庭的自由与声誉不受伤害。做一个干事的人、干净的人、完美的人、禁得起时间和实践检验的人。

对于王正良对同志们讲的这些观点，方子良同志时而边听边记，时而带头鼓掌，既让全体的同志们亲眼看到他对王正良工作能力、个人魅力的认可，也看到他对王正良理论水平、党性原则的称赞。

在这样一种从来没有过的气氛中，王正良越讲底气越足，方子良越听认可度越高，同志们越看王正良讲话时的肢体语言，越是憋足了一股冲天的干劲。王正良讲完话，提醒大家用掌声欢迎方子良同志上台做重要指示。方子良并未向主席台走去，而是站在原来的位置上，让大家转过身来，说是听他谈一下参加今天这个会议的感受。

方子良说，他今天参加这个会的最大收获是三个没想到：一是没有想到基层的会风这么好，没人交头接耳，进进出出，接听手机；二是没有想到基层的干部素质这么高，单从王正良这个讲话稿来看，不亚于省直机关那些处长们的水平，一些新颖的观点，他还是第一次听到；三是没有想到基层干部们的工作思路这么清晰、工作的针对性这么强。

方子良说，交通部门任务重、风险大，同志们一定要在加快建设进度、确保工程质量的同时，注意保护自己，做到"常在河边走，就是不湿鞋"，说完这些，方子良话锋一转。

"我昨天晚上在地图上看了通天的县城骨架和交通现状，

感到一个有六十万常住人口的县区只有一条主干道，大车小车、货车客车、三轮车、人力车都挤在这主干道上，看似车水马龙，实则混乱不堪。我想跟王局长和大家商量一下，从现在开始规划，抢到年底，修出一条双向四车道绕城公路，真正满足物流和人们的通行需要，迈开提升县城品位第一大步。关于这个事情的细节问题，我将专门和王正良同志商量。总的思路是：我出智慧，大家出力量，千方百计地找省里争取项目资金，力争用八到十个月的时间修通一条还县民于安静、助经济于发展的快车道。我相信同志们一定能做到先修人、后修路，路修好，人不倒！

  方子良这一番谦虚的讲话，可谓提升士气、振奋人心，使参加会议的每个同志都增加了荣誉感、责任感和紧迫感。一场势不可当的后发之势，像波澜壮阔的滚滚洪流即将荡涤万里尘埃，接下来像是千帆竞发，带着胜利的喜悦与希望，奔向成功的彼岸……

二十五

　　这半个月来，王正良一直围绕方子良"绕城公路"的题目在做功课。他先是带领工程技术人员对绕城公路意向性走向进行了踏勘，他们逢山翻山，逢水过水，在崇山峻岭和荆棘丛中整整穿行了一天。就是这一天，他们大约弯弯曲曲、上上下下、绕来绕去地走了二十多公里，一起踏勘的每个人员都湿透了衣衫，一路之上，他们靠野果子充饥，用山泉水止渴。等到走完全程，一个两个几乎都瘫软在山脚下的路上，连上车的力气也没有二两了。他们为此歇息了好一阵子，尽管太阳已经下山，若不是肚子饿得咕咕地叫，他们真的想在这里躺下来，天当房、地当床，好好地睡上一觉。现在毕竟是饿得受不了，王正良见天色已晚，提议就近找个做农家饭的小馆子，先解决充饥的问题。实在是太累了，今晚不光是吃饭，咋说也要咪两口酒，把筋骨好生放松放松。经过这么一说，大家顿时欢呼雀跃，催着喊着快快到馆子里解馋解乏，并且要一醉方休。

　　农家饭馆是一位农村妇女在自家屋里开的"农家乐"。这老板娘见他们迎面走来，赶紧迎上前，问是从哪里来的？领导贵姓？怎么称呼？想吃些什么？反正问这问那的，跟打棉花套子一样，一个劲儿地问个不停。王正良是个直巴人，见她啰唆，便有些不高兴："快点发茶，快点倒茶，硬是说不完的废话。"王正良马着一副长长的脸，一句狠话把人家怼了过去。

看上去那媳妇倒没有见什么怪，反而笑呵呵地说："你们当官的呀，就是喜欢训人，一时半会儿不训人，简直眼睛发直，嘴发痒！"

这一说不大紧，说得王正良哑口无言，不知怎样回答是好。在老板娘与他开着玩笑的时候，她的老公已在厨房里一个菜一个菜地做了起来，不到半个时辰的工夫，平时按部就班，每天为来客准备的程序化几道菜一会儿就摆上桌了。只见他手里又提来一壶散装白酒，看来他今晚也想加入王正良他们这个行列了。老板说，这酒是他自家酿的，猪肉是自家猪子杀的，鸡子是自己喂的，鸡蛋是自己下的。哪知他的话音刚落，老板娘便接上话茬："啥子，鸡蛋是自己下的？你现在当着客人的面，给老娘下几个试试看！狗东西，说话不打草稿，站直了不怕腰疼，放屁不怕砸着后脚跟，还自己下的，不会说话莫给老娘乱说话！"老板娘说罢，又是一个哈哈打过去，笑盈盈地扬长而去。

王正良他们看得出来他是装腔作势，用一种里应外合、一唱一和的方式，逗得客人们的欢心和高兴，让这些开心的玩笑话，给客人留下记忆和传为美谈。一旦传出去了，好给他们招来一些新客和"回头客"。王正良知道，现今的农民是根本不缺智慧的，既有智商，又有情商，加上他们的勤劳，构成了新时代农村农民生活的新元素。因此，他们幸福，他们无忧，他们大气，他们磊落，这是在市井生活所不具有和难得的。王正良生在农村、长在农村，爹妈及祖祖辈辈都是地地道道的农民，对于这对农民夫妻的这种境界和生活方式由衷地感到认同和欣慰。

喝过苞谷酒，吃罢农家饭，起身离开这里时已是月明星稀，几声道别，几声犬叫，伴随蟋蟀和青蛙的"叽叽咕咕"的声音，把他们送在了回家的乡间路上。王正良坐在摇摇晃晃的吉普车上，思考起了今后的工作。因为下一步的头绪太多太多，勘探放线、环境评价、水保方案、文物调查、工程设计、项目争取等，一系列头疼的工作真的跟"老鼠子拖木锨"一样——"大头还在后头"。

这些个棘手的事情，大多数并不使王正良扎心，最头痛要属建设资金了。全长大约十三公里建设里程，按每公里六百多万元算账，光建设资金就将近一个亿。这里还不包括征地补偿资金、渠道恢复资金和房屋拆迁资金，如果全部加起来至少要两个亿以上。现在县财政肯定是拿不出钱的，唯一的办法就向省交通厅争取项目建设资金。尽管目前省里有绕城公路专项补偿资金，但是它是分先来后到的。在此之前，仅王正良知道符合条件的就有七八个县（区）已经申报了这样的项目。现在通天县跟着申报这样的项目，一是不在省里规定的范围和对象之列；二是尽管申报上去了，也是明年或后年的事了。不过，王正良不怕这些困难，原因是他与省交通厅的关系处理得算是恰到好处，如果一旦前去申报，虽然不能排在前三，但也不可能排在后四。关于这一点，王正良是胸有成竹的。他在想，他必须采取几通锣鼓一起打的办法，齐头并进，同步实施，决心用三个月时间完成前期的所有工作，力争10月份正式启动项目建设，然后用八个月的时间，确保这个项目正式通过和交付使用。王正良知道，这真的是一个天大的压力，也是检验自己和交通系统职工能力的一个天大的机会。这些年来,他走过一程又一程,刚刚挣脱了一种压力又面临一种新的压力。也许,压力这东西注定要与人生结伴而行,所以才有了一个压力接着一个压力。

压力,在人的不同时期、不同阶段随时产生着,达官贵人也好,黎民百姓也罢,都是如此。所不同的,只不过是压力的大小、轻重、多少、长短而已。

在这个世界,惧怕压力甚至想放弃压力是没有用的,否则,到头来不仅没有躲过压力,反而被压力压得喘不过气来。这大概是压力与矛盾的共同之处,因为人人都想回避矛盾,但结果还是面临着矛盾。同样在这个世界,如果迎战压力,把它当作一种无穷的动力,越是艰险越向前,于是,一连串的压力就不是压力了,这大概也是压力与矛盾的共同之处。我们不回避压力,就等于不回避矛盾。

公正地说,压力这东西只对具有责任心、事业心的人起效,对懒惰人和弱智人是无效的。

压力,犹如一种特殊的催化剂,可以提高人的智力,开发人的潜能,升华人的价值,锻炼人的意志。压力也恰似一只拦路虎,可以吃掉人的胆识,加强人的懒惰,降低人的素质,湮没人的才能。

很多时候,两个人面临同一种压力,但结局往往是不同的。

从原始到现在,从祖辈到我们,都不曾有过压力的空白,他们都坚韧不拔地挺过来了,我们还有啥说的呢?

现在王正良和同志们一起正在寻找压力、接受压力并热爱压力,因为,当今世界上最令人快慰的、幸福的,莫过于战胜压力了……

二十六

关于成立"通天县绕城公路工程建设指挥部"的事,方子良在"四大家"联席会上要求重要办公委发一个文件,由F县长担任指挥长,县委、县政府的分管领导为副指挥长,县交通、建设、环保、水利、林业、土地等部门的主要负责人为成员,王正良兼办公室主任。

现在,这个架子已经扎起来一个多月了,而整个工程的启动还无从谈起。王正良为此比较着急,就让指挥部办公室的同志给指挥部写一个请示,一是要求对交通局选择以三个线路走向的方案给予确定;二是建议尽快召开一个指挥部成员单位会议,对各成员单位的职能来一次具体划分,以便今后各执其事。推动建设工程早日启动。指挥部办公室的同志把给指挥部的请示写好了,送到王正良手里,他也认真看了、改了,唯一没有注意的事就是落款部分,误写成了落款为"指挥部"对"指挥部"的请示。等到这个请示送到F县长那里,F县长立即致电王正良,叫他立刻到他办公室里领取一个任务,结果,王正良去了,一张难看的脸板在了王正良的面前。

"我问你,绕城公路究竟有几个指挥部?"F县长拍桌子打板凳地问。

"只有一个,就是你为指挥长的指挥部。"王正良老实地说道。

"既然我是指挥部的指挥长,为什么又出现了一个新的指挥部,给我写一个报告?"

"不可能吧?要写只能是指挥部办公室对指挥部的请示。"

"你自己看看,你自己看看!"F县长边说边将一份材料扔到了王正良面前。

王正良定神一看,确实是指挥部办公室给F县长写来的报告,但错就错在把"指挥部办公室"写成了"指挥部",省略"办公室"三个字,然后又是把"请示"写成了"报告"。王正良顿感错误,连忙检讨、赔不是。但是F县长根本不吃这一套,突然拍案而起,"我以为通天的绕城公路有两个指挥部呢!"

"只有一个,只有一个!"王正良接连解释道。

"既然只有一个指挥部,为什么出现一个指挥部对另一个指挥部的报告?!"

"那是笔误,那是笔误,是我把关不严,是我把关不严。"

"什么把关不严?你分明是思想政治问题,道德品质问题!在你心目中,就是认为方书记是一个指挥部,我F县长是一个指挥部,我这个指挥部,不如方书记那个指挥部!"

"不是,不是,根本没有这个意思。"

"没有这个意思?你为什么偏偏要犯这样的低级错误?我实话告诉你,今天方书记是县委书记,说不定明天我就是县委书记,你娃子不要犯浑,否则到时候你的肠子都会悔青的!"

F县长说完这句话,把王正良一个人丢在他办公室里,自己却扬长而去。

王正良自知无趣，讪讪地离开了F县长的办公室，他在路上一直想，自己究竟错在哪里。想来想去，自己的品质没问题，思想意识也没问题，无非是部下马虎，自己审查时也马虎。无意中丢掉的"办公室"三个字，竟然惹了这么大一个祸。王正良又气又悔，归根到底，怪只怪自己对部下要求不严，怪只怪自己检查不细。但是反过来一想，王正良认为这是F县长狭窄心胸在作祟，也是F县长没有走出长期以来与一把手不能保持高度一致、想另搞一套的怪圈的结果。他认为：F县长如果长此以往，不仅对他自己的前途不利，而且对通天和通天的事业不利，搞得不利，到后来绝对会吃大亏的。

想归这样想，王正良不敢也不会对任何人讲这个事情，因为时间是最好的检验，时间再长了，F县长言谈举止，绝对会被通天的干部群众检验出来的。一旦到了这个时候，恐怕F县长只能是"吃不了，兜着走了"。

当天晚上，王正良直接回绕城公路指挥部开了一个全体成员单位会议。别的什么也不能说，他只能要求办公室的同志在以后的文字材料上注意严谨和仔细，不要再犯"指挥部对指挥部"的错误了。

二十七

晚上九点半多，方子良打来电话，要王正良现在立即到他在武警支队的办公室去。其实今天下午四点，王正良就接到方子良秘书的电话，说是方书记晚上八点要找他谈话，重点是关于绕城公路建设一事。接到电话，王正良做好了一切准备。谁知到了下午五点的时候，王正良又接到方书记秘书的电话，说是方书记今天要去地委参加重要会议，这样使王正良绷紧的神经一下子松了下来。

恰在这时，王正良圈子里几个文化人发来短信，要王正良今晚和他们一聚。这几个文化人是王正良的老朋友，平时在一起无论说什么话，谈什么事，他们彼此之间都互不设防，毫不介意，从来没有留下过什么后患。既然是老圈子打来电话，王正良自然慷慨应许。到了聚会时分，他似一身轻松，开怀畅饮。哪知聚餐活动还未结束，突然接到方书记秘书电话。王正良此时已有十分醉意，但又不得不去接受谈话。恍恍惚惚之中，王正良似乎尚有几分清醒，叫一个席间没有饮酒的兄弟帮忙送他前往。虽然王正良今晚已经处于醉酒状态了，不过，他完全可以把理由向方书记汇报解释清楚，相信方书记不会见怪和批评他的。同时，王正良醉酒之后一不乱说，二不会丫笑，一般人是看不出来他喝醉了的。

到了武警支队的方书记办公室,王正良一进门就首先来了一个自我检讨:"对不起,方书记,我今晚喝酒喝多了,因为先听说您要找我谈话,接着又听说您要去地委开会,今晚不找我谈了。后来又说要找我谈话,所以在这之间,我喝了一些酒!"

"怎么样,没有醉吗?"

"有些醉。"

"醉到什么程度?"

"我现在说话时的舌头都伸不直了,想说说不出来。"

"那我说,你听,只点头,行吗?"

"行!"

"好。"方书记一说完好,马上就叫来秘书,"你现在去打一盆凉水过来,让王局长洗把脸,清醒清醒。"秘书不敢怠慢,赶紧去打水了。

"现在我想问你一句实话,这条绕城公路,你究竟能不能在八个月内建成通车?"

"能!"

"你有什么要求?"

"方书记,我喝酒了,但没有完全醉,我把要求向您汇报之后,您千万不要批评我。"

"不会不会,你说你说!"

"这条绕城公路大约有十三公里,按双向四车道计算建设奖金每公里六百多万元,光建设资金就得将近一个亿。"

"怎么需要这么多钱?"

"这一亿还不包括征地和拆迁补偿资金,如果加上,至少要两个亿以上。"

"为什么？"

"因为这十三公里绕城公路总共需要劈八座山，填九个洼，挖填的土石方量二百万立方米以上，加上桥涵和路面建设资金，三个亿能拿下来就算不错了。"

"那应该怎么搞？"

"依我看，占地和拆迁补偿资金由财政设法支付，路桥建设资金由交通部门通过争取省交通专项资金解决。环境、水土保持、文物调查、林地恢复等等由各个部门自行消化。"

"你还有什么要求？"

"这个绕城公路只能由交通部门来建设，社会上其他企业不能介入这个工程。"

"为什么？"

"交通部门的施工单位姓公姓党，建设资金支付慢了、晚了，他们戴着共产党的帽子，他们不会闹的，但是如果是社会上一些公司介入了，一旦付不了工程款，他们就会封门堵路。所以让共产党的队伍修共产党的路，他们是讲政治的。"

"好，首先从我做起，不安排社会上任何队伍参与绕城公路建设，整个工程由你们交通局的路桥公司来建设，到时候出问题或者不能按时交付使用，我拿你是问！"

"我还有一个请求，可以汇报吗？"

"什么请求，可以汇报！"

"这条绕城公路如果按时保质保量建成通车了，我想找您要几个干部成长的指标。"

"可以啊，你说几个？"

"最多四个，少则三个。因为这条公路我想分成三至四个标段开展建设，到时候完成任务了，我想请求县委和您把这四个项目部经理提拔成副科级干部。"

"可以呀，只要能按时保质保量完成，我一定兑现我的诺言，不负你和同志们对我的重望！"

方子良同志说这句话的时候有一种斩钉截铁的气魄和胆识，让王正良一下子清醒了许多。他原有的顾虑顿时云消雾散了。

二十八

　　方子良排除一切阻力，把 F 县长的不满情绪甩到一边，叫秘书通知王正良必须尽快举行绕城开工典礼。王正良知道，方书记要求的开工典礼并非一种象征性的形式主义，而是通过实打实的动员誓师大会，在县电视台的领头下，向全县人民做出早日开工、按时完工的庄严承诺。其实王正良已经有了这方面的准备，莫问原因，说到底就是"士为知己者死"，或者可以说成"士为知己者拼"。为了准备这个动员誓师大会，现场，王正良让交通系统的公路建设、管车客运、道路运管、公路养护等下属部门三分之二的同志共计三百多人于今天早上全部穿着各自的制服，提前到达现场席场而坐，若是不知底细的陌生人路过这里看见了，绝对会以为是一支军事化的队伍即将迎接一场新的战斗。

　　按照誓师大会的安排，整个活动只有两项实质性的议程：一是由王正良代表建设主体单位做典型发言；二是由李副书记宣布绕城公路建设项目正式开工。大会由县委组织部部长甄于洁同志主持，王正良走上前台，掷地有声地念起了他亲笔写的表态发言：

　　"尊敬的方书记，各位领导和各位同志：今天，我们以这种特殊的形式，在这里召开这个特殊的会议，因为这里是城北新区建设的主战场，是检验我们素质和能力的大舞台，更是我们实行弯道超越、强力推进公路事业和通天经济跨越式发展的大好机遇。我们交通系统的全体同志，一定要高度统一思想认识，坚定信心决心，切实采取过硬措施，确保完成县委、县政府确立的预期目标，为县北新区建设奉献我们的热血、汗水和力量。

"作为全县路桥建设的主力军，我们能够参与这个建设里程与投资规模大、工程规格高、带动作用强的公路建设工程，能够担负起翻开通天公路建设史上新的一页的历史使命，感到无比的骄傲和荣幸。

"从今天起，我们将在县委、县政府的坚强领导下，以最好的技术和最强的队伍，义无反顾地投入到以县北新区建设为主旋律的绕城公路建设上来；我们将虚心接受人民检察机关、纪检监察机关和社会各界干部群众以及广大网民的广泛监督，牢记"先修人、后修路、路修好、人不倒"的教诲，筑牢思想防线，遵守法律底线，全方位把好廉政关，全过程把好质量关，全天候把好速度关，以最大的干劲、最优的质量、最快的速度，全力完成绕城公路建设任务。

"为了建设好这条阳光大道和实现这个宏伟目标，我们全体干部职工，一定要抢抓一切晴好天气，战胜一切艰难险阻，利用一切积极因素，采取一切有力措施，在这个能够检验我们责任和能力的大舞台上，充分展示我们的聪明智慧，全面发挥我们的技术水平，时刻体现我们的吃苦精神与科学调度力量，合理安排工期，坚持日战夜突，做到又好又快，以看得见、摸得着的业绩，向县领导和全县人民汇报。"

王正良做完这番表态讲话，回到站台的领导行列的时候，方子良紧紧握住王正良的手，热泪盈眶地对王正良说："正良啊，你这次挑起的是一副千钧重担，给我这个从省里'空降'下来的县委书记分了一个天大的忧，解了一个天大的难。现在我要提前代表全县六十万人民向你和同志们表示真诚的感谢！"方子良确实感动得在流泪，并且声音也有些颤抖。

在场的人都明显地看得出来，此时的王正良在方子良的心目中开始占据十分重要的位置，代表交通系统参加誓师大会的同志们都为自己的职业使命和王正良的干事魅力产生了从没有过的骄傲。

下午时分，王正良对各个项目部的工程进度逐个进行了安排调度，他反复告诉项目部的同志们，最大的难题就是我们在身无分文、两手空空的情况下，如何把绕城公路这个"天"字号工程快速往前推进。想来想去，他和同志们得到的共同答案就是在责任中寻找压力。因为他清楚地记得，2000年他在神龙山镇担任镇长时的那个夏天，他和时任镇委书记的夏一兵同志为了开发旅游资源，组织全镇劳动力对他们发现的"鹰子洞"进行开发。那时候镇里很穷，农民更穷，农业税和"三提五统"根本收不上来，不仅全镇的干部和教师工资无钱可发，就连镇里来客了，到镇里农贸市场上买菜的钱也没有。而通往这个景区的路，只有一些野生动物走出来的痕迹。一方面没有钱，另一方面要修路，面对严重对立的二元矛盾，王正良和夏一兵靠借来的五千元钱和在县物贸公司通过关系赊销的六吨炸材，硬是采取人海战术，用两个月的时间劈开了一条7.6公里的简易公路，使"养在深闺无人识"的一座地下宫殿，像出水芙蓉一样走进了山外游客的视野。当初条件如此艰苦，尚能取得成功，更何况现在的"绕城公路"有后期的项目资金做支撑，占地和拆迁资金有县财政兜底来解决，阶段性、暂时性的缺钱不可能成为影响工程进度的障碍。对于这谈不上困难的困难，在王正良的面前，完全是有办法解决的，现在的关键问题是，要想修通这条双向四车道的一级公路，必须动用三百多吨炸材，两百多辆施工机械和运输车辆，扒开八座山口，填平九个山洼，搬走两口堰塘并架起两座桥梁，把多余的一千万立方米的渣土运往二十公里开外的地方。这个过程中的施工安全、工程质量是王正良最揪心的事情。稍有不慎或疲劳施工，极易发生爆炸、翻车、塌方等重大安全责任事故。为此，王正良给自己定下规矩，每个工作日的白天和夜晚，他必须深入工地现场进行两次以上的施工巡查，通过在一线现场发现问题和解决问题，确保各个施工和管理环节不出现任何闪失。王正良认为，人的动力来源于责任，人的责任来源于压力，而人的压力形成则在于精神的支撑。关于精神，王正良进行了一番哲理性的分析。

精神是一种状态，往往表现在一个人的生理和心理上。

从生理角度讲，血为人之精，气为人之神。意思是说气血乃精神之源，气血旺则精神足，精神足则体魄壮。反之，虚则垮，垮则衰。

我们现在都在追求健康的体魄，殊不知，人的身躯乃以气血为支撑。实际生活中，大多忽视了气血的补给，之后百分之九十的人处于亚健康状态就是这个原因。

心理健康在通常情况下，比生理健康更为重要。当我们把气度、观念、修养视为一个人心理健康与否的度量衡的时候，偏见、嫉妒、势利、贪婪、虚伪、伤害、诽谤、狂妄等肯定是心理不健康的、应当摒弃的下脚料。

凡是具备这样不健康心理素质的人，最容易出问题甚至是大问题。一般说来，这种心理的人一是害别人，二是害自己。其实一个人祸害自己应该是件较小的事情，但是祸害别人就大不一样了。因为在当时，不管这种人处于何种身份和地位，民众和社会受到他的残害和践踏的程度是可想而知的。

有报道证实，在患有不治之症的人群中，最终并非都是病死的。其中被吓死的竟占三分之一，除去另外三分之一因病死亡的情况外，还有三分之一的人却奇迹般地活了下来，原因是乐观豁达和积极向上的心理状态帮了他们的大忙，使其气血始终满足了精神的需要。

我们这个社会和这个时代在需要法制的同时，还需要精神。大至一个国家或一个民族，小到一个家庭或一个自然人，离开了精神便离开了气节与尊严、境界与修养、道德与伦理、正义与友好。

最需要的时候实际是最缺乏的时候。前些年就听说腰缠万贯的人穷得只有钱了。时至今日，这种人已由一个人发展到了一群人甚至一部分人。他们中间，权贵者中饱私囊，黑恶者敲诈勒索，旁观者麻木不仁，投机者偷逃税费，闹事者不管有无道理，只要一闹钱就来了。因此我的结论是，心理健康的人，身体一定健康；身体健康的人，不一定心理健康。

我们现在呼唤精神，无疑是呼唤健康；而呼唤健康，无疑是等待良知。因为良知与境界是精神的孪生体，没有良知便没有境界，没有境界便没有良知。

愿我们在拥有健康的身体的同时，拥有健康心理，这样不仅可以占有这个世界更多的时空，还可以多一些敬重、留一个美名。

无声的结局

八个月后，全省第一条全长 12.7 公里绕城公路在通天县正式通车了。王正良由此走上了县政协副主席的领导岗位，四个标段的项目部经理，由科员级被提拔为副科级领导干部。

四个月后，方子良同志调到省属直管市担任市长职务，F县长接手通天县委书记一职。王正良主动放弃县委常委、副县长，或县委宣传部部长，或县委办公室主任"三选一"的职务，选择到县人大常委会担任副主任一职。

两个月后，F书记以人划线，把王正良划成方子良的"人"，千方百计地进行边缘化处理。

又是三个月后，2011年10月，国家人社部出台了职工养老保险的"五统一"政策，年近五十的王正良毅然辞职下海，于10月24日告别他的家乡，乘上了南下的火车，前往一家企业从事管理工作。

一年后，F书记因严重违法违纪被"双规"，六个月后被开除党籍，开除公职，移送司法机关依法处理。

王正良坐在南下的列车上，闭着眼睛追忆着过去的岁月。他认为他做的一切从未挑战法律和纪律的底线。王正良以为他这样做了，就是一位好党员，好干部，就是正义的化身，就是人民的天使，但是他现在感觉这一切有些错了，错在自己天真幼稚，错在自己无知无畏，更错在自己的顺向思维。

他根本不知道他在这样做的时候，这个社会中居心不良的人有的正在笑他，有的正在咒他，有的正在怀疑他，有的正在算计他。在这个漫长的过程中，王正良认识到他的方方面面都在变，比如，年龄在变大，头发在变白，面相在变老，大脑在变迟钝，视力在变模糊，走路在变躬身，步子在变踉跄，等等唯有一成不变的是他的一些想法和做法稚嫩和愚昧了。他还记得2009年腊月三十的晚上，住在六楼的王正良，把一个送礼的人，光拒之门外不说，还用力地把这个人推倒在楼梯间，谁知长着一身横肉的送礼人一股脑地从楼上滚了下来，致使头部、腰部和双腿等多个地方摔成了重伤。次日到派出所报案之后，又到法医鉴定机构进行创伤性鉴定。若不是有言在先、正义在上，王正良非承担法律责任不可。后经双方的关系人在春节期间反复调解，使王正良在直接赔偿三千元的医疗费之后才得以息事宁人。

现在，王正良越想这些，心里越不是滋味；越想越觉得自己傻得奇特无比；越想越觉得自己所做的这些事不仅是难以启齿，而是无地自容，更觉得自己在当下的潜规则和盛行的风气面前，渺小得不能再渺小了。神伤沮丧和无颜见人的心理，顿时笼罩着他的整个思维，因此他把他现在乘坐高铁前往南方的这种行为视作一种最好的选择。

此时，王正良的思绪随着劲驰的列车一同飞跑，一阵平静之后，他似乎又醒悟了许多。在他的心里，他实实在在地无法忘怀和舍弃他工作过的每一个地方和每一个岗位。一些工作上的场景，他至今仍历历在目。

王正良也多次扪心自问过自己为什么要这样去做，但是他每一次都能找到使他信服的结论。打个比喻，正如"船""工匠"与"水"的关系一般，从现实角度看，他想把工匠视为"船"的父母，把水当作"船"的依托。因为没有工匠和水，显然就不会有孕育"船"的必要，更不会有"船"生命的存在。

从"船"的原始意义来说，它是水上的主要运输工具，它生来就是为人服务、效劳的。如果它的职能与人无关，人是绝对不会让它出生的。反过来说或者退一步讲，"工匠"是父母、是上级、是社会；"船"是儿女、是自己、是岗位；"水"是民众、是下属、是人心。当人造化了船之后，它就应该责无旁贷、义不容辞地以水为依托，按照"父母"的嘱咐，去一次一次地、周而复始地完成它应该完成的使命，千万不能假设甚或真的把"父母"的嘱咐当作"耳旁风"，把"依托"当作对立或多余的东西。否则，要么必然沉入水底，令生它养它的"父母"摇头叹息；要么必然被"父母"恩将仇报，砸之毁之弃之。

时空这个东西最了不起。它虽然没有边际和句号，但是它有段落和期间。王正良总认为，在这个时空内部，无论在爱恋的港湾里，还是在人生的征途上；无论在明媚的春光里，还是在雪压的松柏中，停泊的"船"不少，行进的"船"也很多。

作为"船"，不管是扬帆启程也好，还是整装待发也罢，除了不能有辱工匠赋予的使命以及抛弃水的念头以外，还要切记以航标为师，不然碰上了暗礁，否则会让自己毁于一旦。

王正良对"船"的逻辑做出这样一个结论：每个人都是一

条船，只要听命于工匠，视水为命，依标定航，避礁而行，即使遇到拍岸而起的惊涛骇浪和声势猛烈的暴风骤雨，也能化作推波助澜的无穷动力，催人满载着胜利的希望到达成功的彼岸。

正因为如此，王正良才把自己始终融入了山民们的行列，与他们同甘共苦、携手并肩在高山之上。

有了这样的群众基础，随之而来的便有了工作感情。他记得有个休息日，一位山里老人给他送来了一双亲手纳的绣着"花开富贵"的鞋垫，顿时令他感动极了，因为还是母亲在世的时候，他穿过她老人家亲手缝做的带着浓浓乡土气息的鞋垫。

那时候，母亲每年都在煤油灯下一针一线地给他缝做鞋垫，有的绣着"丹凤朝阳"，有的绣着"兰草开花"。那鞋垫虽透着手工的拙朴，但它饱含了母亲的辛劳与汗水，寄托着母亲的叮咛与希望。

好多年了，王正良失去了这种温暖的享受，因为母亲离开了他们。做梦也没想到，今生今世，母亲还会回来，母爱也会回来。

"孩子，这鞋垫是我特意为你缝做的，嫌弃吗？"老人虔诚地望着他说。

"嬷嬷，您这么大年纪了还这样过细，简直……"王正良心中充满感激。"别说了，孩子，拿上，山路不好走，把它垫在你的脚下舒服一些。"老人话音一落，转身就要走。他随手拽住她，彼此都似母子一般淌着无言的泪水。

这老人，这对话，这鞋垫，这真情，使王正良在母亲去世二十年后的今天又一次亲身感受了母亲的挚爱、关怀，与温暖。

王正良带着感激之情，双手接过了鞋垫，老人终于放心地舒了一口长气。在她看来，他收下的是一双鞋垫，她认可的是一位儿子……

后来，他自豪地用上了老人送来的那双鞋垫。

古人说"境由心造"。对于失去母亲的王正良来说，一双微不足道的鞋垫便能温暖他的心灵，饱经风霜的老人一声诚挚的呼唤，掀开了他的思绪。

后来，王正良把这一过程写成了一篇散记，他在自然平实的叙述中蕴含着巧妙的构思，从孩童时母亲在油灯下一针一线给"我"做鞋垫写起，笔墨渐次展开，把这位老人送他一双鞋垫的事娓娓道来，抒发的正是他对"母亲"深入骨髓的真情，读来足以感人至深。再生母亲的关爱，使他心中又流淌着三分甜蜜。他自豪地穿着老人送来的鞋垫，走向新的人生征程。

文章写一位普通的老人给他送来两双鞋垫，认可了一位"儿子"，从侧面看是对他工作的赞赏和认可，可见他与老人关系的密切、融洽与深厚。这种以小见大、一叶知秋的写法，可以给人留下极大的回味和思索空间，是很有意蕴的。

在从一开始坐上列车的那一刻起，他就后悔自己在工作上这些年来做过太多的蠢事，现在他不仅不后悔了，反而认为自己这样做，是绝对正确的。因为为官一任，守土一方，必须战胜工作中的一切艰难险阻，用自己的心血和力量带领全镇人民致力改变贫困面貌，还要让大家都过上温饱、小康的幸福生活。

想到这里，想了这些，王正良一切都释然了，一切都想开了。他知道人生只不过是一个过程，既然现在已经走了一多半了，那功过是非自有后人评说；既然现在已经坐上了南下的高铁，就按照自己的选择，走好剩余的一小半就是了。

现在，高铁即将到站，王正良像过去什么也没有发生一样，精神抖擞地做好了拼搏的准备……

坐在南下的高铁上，看似平静的王正良，其实心里很不平静，他联想起自己三十一岁开始担任镇长；三十二岁担任镇委书记兼镇长；三十八岁担任县交通局局长；四十四岁担任县政协副主席，四十五岁婉言谢绝上级党组织要他在县委县政府任职和将他提名为邻县的县委副书记一职的荣誉，而执意留在通天县转任县人大常委会副主任等这一系列的仕途变化，足以使通天县的人民掂量得出他的能力和素养。然而截然不同的是，他的三位哥哥和三位嫂子以及他的六个侄儿侄女，却依然过着与他的权力、地位无关的自然生活，他们在乡下所住的房屋和农民的身份也没有因王正良的影响而发生丝毫的变化。其中二哥二嫂的居住条件是他老家的那个村落中差得不能再差的了：三间低矮的房子，蜗居着二哥二嫂和两个女儿女婿以及四个孙子。

他的几个哥哥和那一群侄儿侄女的现状也让他愧疚：

大哥王永才、二哥王永文、三哥王永学都是地地道道的农民，在老家种着村里分给他们的责任田。

大哥的儿子王海波与妻子户口仍在农村，自己买了一辆中巴车，在农村从事农村客运，全年收入包含国家下拨的油料补贴在内，大约为五万元。

大哥的女儿王定荣，在一家私营纺织厂当纺织工，女婿金学忠在四川龙蟒集团的一家化工厂从事原料分离工作。夫妻二人的人均月工资大约三千元。

二哥大女儿常年在一家个体饭店当服务员，月均工资约三千元；大女婿在家里做火锅外卖，月收入大约五千元。二哥的二女儿在一家私营商场当营业员，月收入两千五百元左右；二女婿在乡下从事个体运输，因货源不足，所买的运输车辆因未足额偿还车贷，被银行依法收回。

三哥的大儿子，先是在河南学弹棉花、打被套，后因难以维持生计，经人介绍前往新疆乌鲁木齐一家餐厅当传菜士，由于表现出色，一路得到重用，现在一家叫"6+1"的餐厅连锁店当CEO，月收入在一万五千元左右。

三哥的小儿子在西北某部服役十二年之久，复员时为三级士官，符合国家安置政策。当时王正良建议侄儿买断军龄，回老家从事养殖业，后由于侄儿缺乏养殖经验，落得血本无归，现在沿海地区建筑工地当粉刷工。

想到这里，王正良又开始自责。他只怪自己明哲保身和独善其身，把自己一母所生的亲骨肉远远甩在脑后，把兄长对美好生活的向往、把晚辈对有本事的四爹的期望，充耳不闻、视而不见，竟然心狠到了翻脸不认人的程度。王正良从开始就清楚地知道，他这样做，虽然对得起培养他的党组织，但是在亲情面前是无法交代的。

他的兄嫂和那些晚辈与他保持着很远的距离。在他们内心深处，并没有将王正良引以为豪的感觉，平日也没有因为王正良而少受别人的欺负，很简单的道理明摆在那里：身居"八品"官位的王正良，根本没有给他们本来就活得很累的命运带来一线改变的曙光。由此而来，当王正良在端午、中秋和春节假期回到老家与他们相聚的时候，受到的是不止一次两次说不清、道不明的冷漠与应付，那些风凉话和带刺的语言，王正良不知听了多少遍，耳闻目睹这种场面的王正良的妻子王小红，多次劝阻王正良最好不要回那个什么老家了。因为在她看来，在根本不缺饭吃的情况下，她无法忍受这一种眉高眼低、不见亲情的接待方式。王正良为此也不知做过多少次王小红的思想工作，因为那里是生他养他的地方，在这样的传统节日里，他必须回去看自己的兄嫂和晚辈们，也必须到山上去看望自己睡卧在山坳里的父母。王正良认为，他每回去一次，每当他看到辛劳的兄嫂、低矮的房屋和带着一身疲惫回到家里的晚辈们，还有那些老乡们投来的羡慕而敬佩的目光，他的心灵就受到一次强烈撞击和震撼，在显而易见的对比反差中，就会在内心深处对自己以往的所作所为有一种深刻的自省和反思。这对他真正做到警钟常敲、警钟长鸣，防止自己今后犯错误甚至是犯大错误，无疑是一次精准的提醒和活生生的帮助。王正良一直坚持这样做，牢牢地坚守着自己的底线，他没有顾及兄嫂和晚辈们的眼色好坏和饭菜的丰盛与否，因为他始终认为，兄嫂们既然是农民，那么农民的有限境界则是可以理解的，晚辈们既然是晚辈，那么晚辈们的不礼则是可以原谅的。

现在回到现实，王正良放弃了自己拼搏半生的功禄、地位与荣誉，像年轻人一样去沿海打拼，这是常人所难做出的决断。他出发的时候，只说服了跟着他担惊受怕多年、耳朵里同样满是那些是是非非的妻子，在乡下生活的兄嫂和那些在外面打拼的晚辈们一个人也不知道。他想用这种近似"下海"的方式去平衡他们的心理，因为王正良的现在一切都归于零了，今后的人生都得从零开始……